Rund um die

Unionsverlag

Jubiläumsausgabe

Zu diesem Buch

Iljas, ein junger Lastwagenfahrer, ist schnell zu begeistern und ebenso schnell in maßlose Wut zu versetzen. Asselj, ein stilles, kirgisisches Mädchen, soll nach altem Brauch in eine Nachbarsippe hinein verheiratet werden. Als die beiden sich begegnen, entsteht eine Liebe, die sie alle Traditionen vergessen lässt. Für beide beginnt eine glückliche Zeit. Doch als Iljas tollkühn mit seinem Lastwagen das verschneite Tianshan-Gebirge bezwingen will, beginnt die Katastrophe: Nach dem Misserfolg mag er sich vor seinen Kollegen nicht verantworten, die liebevolle Hilfe Asseljs weist er zurück. Immer mehr verstrickt sich Iljas in den Fängen seines Stolzes.

Der Autor

Tschingis Aitmatow, 1928 in Kirgisien geboren, besuchte nach ersten Veröffentlichungen zu Beginn der Fünfzigerjahre das Maxim-Gorki-Literaturinstitut in Moskau. Mit der Erzählung *Dshamilja* gewann er Weltruhm. Tschingis Aitmatow starb 2008 im Alter von 79 Jahren.

Im Unionsverlag sind außerdem erschienen: *Begegnung am Fudschijama* (mit Daisaku Ikeda); *Die Kraft der Schamanen* (mit Juri Rytchëu und Galsan Tschinag); *Abschied von Gülsary; Dshamilja; Goldspur der Garben; Frühe Kraniche; Kindheit in Kirgisien; Der Junge und das Meer; Aug in Auge; Der Schneeleopard; Der Richtplatz; Liebesgeschichten; Das Kassandramal; Ein Tag länger als ein Leben; Die Klage des Zugvogels* und *Der weiße Dampfer.*

Der Übersetzer

Juri Elperin, geboren 1917 in Davos, war als Übersetzer aus dem Russischen und Deutschen für Verlage in der Sowjetunion, der DDR und Westdeutschland tätig. Er lebt in Berlin.

Mehr über Buch und Autor auf *www.unionsverlag.com*

Tschingis Aitmatow

Du meine Pappel im roten Kopftuch

Erzählung

Aus dem Russischen von Juri Elperin

Unionsverlag

Russische Erstveröffentlichung 1961
unter dem Titel *Topolëk moj v krasnoj kosynke.*
Die erste Ausgabe im Unionsverlag erschien 1986.

Übernahme der Übersetzung von Juri Elperin
mit freundlicher Genehmigung
des Verlags Volk und Welt, Berlin.

Im Internet
Aktuelle Informationen, Dokumente, Materialien
zu Tschingis Aitmatow und diesem Buch
www.unionsverlag.com

Unionsverlag Taschenbuch 681

Rieterstrasse 18, CH-8027 Zürich
Telefon +41-44-283 20 00, Fax +41-44-283 20 01
mail@unionsverlag.ch

Umschlaggestaltung: Martina Heuer, Zürich
Umschlagfoto: Christoph Schütz
Druck und Bindung: CPI – Clausen & Bosse, Leck
ISBN 978-3-293-20681-6

Statt eines Prologs

Als Journalist hatte ich oft im Tienschan zu tun. Einmal, im Frühjahr, ich war gerade in der Gebietsstadt Naryn, wurde ich dringend in die Redaktion zurückgerufen. Ich hatte Pech, der Bus fuhr mir vor der Nase weg. Der nächste ging erst in fünf Stunden. Mir blieb nichts anderes übrig, als per Anhalter zu fahren. Ich machte mich auf den Weg zur Chaussee am Rande der Stadt.

Gleich an der Straßenbiegung sah ich vor der Tankstelle einen Lastwagen. Der Fahrer hatte soeben getankt und schraubte den Deckel zu. Meine Freude war groß. An der Windschutzscheibe erblickte ich das Zeichen für die internationalen Routen: SU. Mir war klar, der Wagen kam aus China und fuhr zum Wagenpark für internationale Gütertransporte nach Rybatschje, von wo ich mühelos nach Frunse gelangen konnte.

»Fahren Sie gleich los? Würden Sie so freundlich sein, mich nach Rybatschje mitzunehmen?«, bat ich den Fahrer. Er wandte den Kopf, sah mich mürrisch an und richtete sich auf.

»Nein, Agai, das geht nicht«, sagte er ruhig.

»Ich bitte Sie sehr! Ich muss dringend nach Frunse.« Wieder sah mich der Fahrer mürrisch an.

»Ja, ich verstehe, aber seien Sie mir nicht böse, Agai. Ich nehme niemanden mit.«

Ich wunderte mich. Im Fahrerhaus war noch Platz, was hätte es ihm ausgemacht, mich mitzunehmen?

»Ich bin Journalist und habe es sehr eilig. Ich zahle jeden Preis.«

»Was heißt zahlen? Ich würde Sie auch umsonst mitnehmen, aber heute gehts eben nicht«, fiel er mir ins Wort und trat wütend gegen den Reifen. »Seien Sie mir nicht böse, von uns kommen gleich noch mehr Wagen, fahren Sie mit einem von denen, bei mir gehts wirklich nicht.«

Sicher ist der Platz schon für jemanden reserviert, folgerte ich.

»Na, und hintendrauf?«

»Das geht auch nicht. Verzeihen Sie vielmals, Agai.«

Der Fahrer warf einen Blick auf die Uhr und hatte es plötzlich eilig.

Verständnislos zuckte ich die Achseln und sah fragend den Tankwart an, eine bejahrte Russin, die uns schweigend aus dem Fenster beobachtet hatte. Sie schüttelte den Kopf, was wohl bedeuten sollte: Lassen Sie ihn doch.

Der Fahrer kletterte auf seinen Sitz, klemmte sich eine Zigarette zwischen die Zähne und ließ den Motor an. Er war noch jung, um die Dreißig, war hoch gewachsen und hielt sich leicht gebeugt. Was sich mir einprägte, waren die großen kräftigen Hände am Lenkrad und die Augen mit den müden gesenkten Lidern. Bevor er Gas gab, fuhr er sich mit der Hand übers Gesicht, seufzte schwer und blickte erregt auf die vor ihm liegende Bergstraße.

Der Wagen fuhr los.

Die Russin kam zu mir heraus. Sie wollte mich wohl beruhigen.

»Regen Sie sich nicht auf, Sie werden auch gleich fahren.«

Ich schwieg.

»Tja, der Bursche hat so seine Sorgen. Das ist eine lange Geschichte. Seinerzeit hat er hier bei uns neben dem Umschlagpunkt gewohnt …«

Ich kam nicht mehr dazu, mir die Geschichte anzuhören, denn ein Pobeda nahm mich mit.

Erst am Dolonpass holten wir den Lastwagen ein. In unzulässigem Tempo, unzulässig selbst für einen routinierten Tienschanfahrer, raste der Wagen dahin, jagte mit heulendem Motor durch die Kurven, preschte unter hängenden Felsbrocken Steigungen hinan und schoss aus Senken hervor, in die er eben hinabgetaucht war. Die Enden seiner Plane flatterten im Wind und klatschten gegen die Seitenwände.

Doch unser Pobeda zeigte, was in ihm steckte. Schließlich holten wir den Lastwagen ein. Beim Überholen sah ich hinüber. Was war das für ein Wagehals, wo trieb es ihn hin, dass er dieses mörderische Tempo fuhr? Im Graupelregen, der plötzlich eingesetzt hatte, eine häufige Erscheinung auf Pässen, und der in prallen, schrägen Strähnen niederging, flimmerte hinter der Windschutzscheibe ein bleiches, angespanntes Gesicht mit einer Zigarette zwischen den Zähnen. Die Hände handhabten sicher und flink das Lenkrad. Außer dem Fahrer war niemand auf dem Wagen zu sehen.

Bald nach meiner Rückkehr aus Naryn wurde ich nach Südkirgisien, in das Gebiet Osch, geschickt. In permanenter Zeitnot, die für uns Presseleute nun einmal typisch ist, kam ich erst kurz vor Abfahrt des Zuges auf dem Bahnsteig an. Ich stürzte in ein Abteil und beachtete nicht gleich den Mann, der auf einem der Fensterplätze saß und hinaussah. Auch als der Zug bereits mit voller Geschwindigkeit fuhr, wandte er sich nicht um.

Aus dem Lautsprecher tönte Musik. Es war eine bekannte Melodie, eine kirgisische Weise, die ich immer als das Lied eines einsamen Reiters in der abendlichen Steppe empfinde. Ein weiter Weg, uferlose Steppe, gedankenverloren singt der Reiter halblaut ein Lied. Er singt von allem, was sein Herz bewegt. Und was bewegt einen Menschen nicht alles, wenn er allein ist, umgeben von tiefer Stille, die nur durch Hufgetrappel unterbrochen wird. Leise sang das Komus, wie das Wasser im Aryk, das über glatte, helle Steine plätschert. Das Komus sang von der Sonne, die hinter den Hügeln versinkt, von der lautlos über die Erde eilenden blauen Kühle, dem schiefergrauen Wermut und dem gelben Reihergras am braunen Weg, die sich leise wiegen und ihren Blütenstaub verstreuen. Und die Steppe wird dem Reiter lauschen, wird träumen und mit ihm singen.

Vielleicht war einst auch hier so ein Reiter dahingezogen, während die Abendsonne am fernen Steppenrand verglühte, der Himmel rötlich gelb wurde und der Firn im Schein der letzten Sonnenstrahlen rosig aufschimmerte.

Draußen glitten Gärten, Weinberge und dunkelgrüne, buschige Maisfelder vorüber. Ein zweispänniger Wagen mit frisch gemähter Luzerne näherte sich dem Bahnübergang und blieb an der Schranke stehen. Der Kutscher, ein braun gebrannter Junge in verschossenem Turnhemd und bis über die Knie aufgekrempelten Hosen, erhob sich von seinem Sitz, lächelte und winkte jemand im Zug zu.

Die Melodie verfloss sanft mit dem Rhythmus des dahineilenden Zuges. Statt Hufgetrappel Rädergehämmer. Mein Nachbar saß, den Kopf in die Hand gestützt, am Klapptisch. Mir schien, dass er ebenfalls lautlos das Lied des einsamen Reiters sang.

Mochte er nun trauern oder träumen, jedenfalls wirkte er niedergedrückt, als zehre ein unstillbarer Kummer an ihm. Er war so in sich gekehrt, dass er meine Anwesenheit gar nicht bemerkte. Forschend betrachtete ich ihn. Wo war ich diesem Mann schon einmal begegnet? Sogar seine gebräunten Hände mit den kräftigen, langen Fingern kamen mir bekannt vor.

Da fiel es mir ein: Es war der Fahrer, der mich seinerzeit nicht mitnehmen wollte. Damit war meine Neugier befriedigt. Ich holte ein Buch hervor. Lohnte es sich überhaupt, mich in Erinnerung zu bringen? Sicher hatte er mich längst vergessen. Schließlich haben Fahrer unterwegs nicht wenig zufällige Begegnungen.

So fuhren wir noch eine ganze Weile, jeder mit sich selbst beschäftigt. Draußen begann es zu dunkeln. Seufzend zog mein Nachbar Zigaretten hervor und riss ein Streichholz an. Dann hob er den Kopf, sah mich überraschend an und wurde rot. Er hatte mich erkannt.

»Guten Tag, Agai«, sagte er mit schuldbewusstem Lächeln.

Ich gab ihm die Hand.

»Fahren Sie weit?«

»Sehr weit!« Er stieß langsam den Rauch aus und fügte nach einer Pause hinzu: »In den Pamir.«

»Dann haben wir ja denselben Weg. Ich fahre

nämlich nach Osch. Urlaub? Oder werden Sie dort arbeiten?«

»So ungefähr. Rauchen Sie?«

Wir qualmten schweigend. Es gab wohl nichts mehr, worüber wir uns hätten unterhalten können. Mein Nachbar war wieder in Gedanken versunken. Er saß mit gesenktem Kopf, hin und her schaukelnd im Takt der Räder.

Mir schien, dass er sich in der Zwischenzeit sehr verändert hatte. Er war abgemagert und hohlwangig, drei scharfe Furchen kerbten seine Stirn. Die zusammengeschobenen Brauen ließen sein Gesicht finster wirken. Unvermittelt rang er sich ein Lächeln ab und fragte: »Sicher waren Sie mir damals sehr böse, Agai?«

»Wann denn? Was meinen Sie eigentlich?« Ich wollte nicht, dass unsere Begegnung ihn peinlich berührte. Aber er sah mich so reumütig an, dass ich Farbe bekennen musste.

»Ach ja, damals. Das war doch unbedeutend, ich habs längst vergessen. Unterwegs passiert einem so manches. Und Sie, Sie denken immer noch daran?«

»Zu jeder anderen Zeit hätt ichs vielleicht vergessen, aber an dem Tag …«

»Was war denn damals? Ein Unfall?«

»Wie soll ich Ihnen das erklären, nein, kein Unfall.« Er suchte nach Worten und lachte plötzlich gezwungen auf.

»Heute würd ich Sie hinfahren, wohin Sie wollen, nur bin ich heute selber bloß Fahrgast.«

»Macht nichts. Ein Pferd tritt tausendmal in dieselbe Spur, vielleicht begegnen auch wir uns noch einmal.«

»Sicher, dann ziehe ich Sie selber ins Fahrerhaus.«

»Ich nehme Sie beim Wort«, scherzte ich.

»Abgemacht«, antwortete er, sichtlich erleichtert.

»Und warum haben Sie mich damals nicht mitgenommen?«

»Warum?« Sein Gesicht verdüsterte sich. Er senkte den Blick und begann, in hastigen Zügen zu rauchen. Ich begriff, dass meine Frage ihm peinlich war, und wusste nicht, wie ich meinen Fehler wiedergutmachen sollte. Er drückte die Zigarette im Aschenbecher aus und stieß hervor: »Ich konnte nicht. Ich wollte meinen Sohn mitnehmen, er wartete auf mich.«

»Ihren Sohn?«

»Das ist so … Verstehen Sie … Wie soll ich Ihnen das erklären …« Er bezwang seine Aufregung, zündete sich eine neue Zigarette an, sah mich ernst und entschlossen an und begann zu erzählen.

So hörte ich die Geschichte des Fahrers.

Wir hatten viel Zeit, denn bis Osch brauchte der Zug fast zwei Tage. Weder drängte ich den Erzähler, noch unterbrach ich ihn durch Fragen. Es ist gut, wenn ein Mensch von selbst alles ausspricht und dabei zuweilen mitten im Satz abbricht, weil er alles noch einmal erlebt und überdenkt. Allein, es kostete mich Überwindung, nicht in den Bericht einzugreifen, weil ich, teils zufällig, teils dank meinem unsteten Journalistendasein, einiges von meinem Reisegefährten und den Menschen wusste, mit denen das Schicksal ihn zusammengeführt hatte. Ich hätte seinen Bericht ergänzen und manches aufklären können, aber ich beschloss, das erst zu tun, nachdem er geendet hatte. Dann überlegte ichs mir jedoch anders, und ich meine, dass ich recht daran tat. Mögen die Helden der Geschichte selbst sprechen.

Die Geschichte des Fahrers

Alles begann völlig unerwartet. Damals war ich gerade aus der Armee entlassen worden, wo ich in einem motorisierten Truppenteil gedient hatte. Zuvor hatte ich die Zehnklassenschule beendet und als Fahrer gearbeitet. Ich war im Kinderheim aufgewachsen. Mein Freund Alibek Dshanturin war ein Jahr vor mir demobilisiert worden und arbeitete in Rybatschje, im Wagenpark für internationalen Gütertransport. Ich fuhr zu ihm. Wir hatten beide schon immer davon geträumt, in den Tienschan oder den Pamir zu fahren. Ich wurde gut aufgenommen und im Ledigenheim untergebracht. Sogar einen fast neuen SIL, ohne einen einzigen Kratzer, bekam ich. Meinen Wagen liebte ich wie einen guten Freund. Er hatte einen außerordentlich leistungsfähigen Motor. Freilich konnte ich ihn nicht immer voll beladen. Sie kennen ja selbst die Autostraße im Tienschan, schließlich gehört sie zu den höchsten Bergstraßen der Welt, sie führt an Schluchten entlang, über Gebirgsgrate und Pässe. In den Bergen gibt es genug Wasser, trotzdem nehmen die Fahrer immer welches mit. Vielleicht ist Ihnen schon aufgefallen, dass vorn, in einer Ecke des Ladekastens, ein Wasserbehälter baumelt, denn auf den Serpentinen überhitzt sich der Motor, obwohl man nicht allzu viel lädt. Anfangs zerbrach ich mir den Kopf, wie man es anfangen könnte, mehr zu laden, aber mir fiel nichts ein. Berge sind eben Berge.

Die Arbeit machte mir Spaß, und auch die Gegend gefiel mir. Der Wagenpark lag am Ufer des Issyk-Kul-Sees. Wenn ausländische Touristen kamen und stundenlang wie verzaubert auf den See starrten, war ich stolz auf unseren Issyk-Kul. So was Schönes bekommt man nicht so leicht zu sehen. Nur eines ärgerte mich anfangs. Es war der Frühling nach dem Septemberplenum, als die Kolchose zu erstarken begannen. Auf dem Lande arbeitete man mit Feuereifer, es mangelte jedoch an Maschinen und Fahrzeugen. Ein Teil unserer Wagen wurde zur Unterstützung der Kolchose eingesetzt, namentlich wir Neuen wurden ständig in die Aile gejagt. Gerade hatte ich mich an die Touren auf der Autostraße gewöhnt, schon war es aus damit, und es ging in diesen oder jenen Kolchos. Ich sah zwar ein, dass das wichtig und notwendig war, aber schließlich war ich Fahrer, und mir tat mein Wagen leid, dem die Schlaglöcher und der Dreck auf den Landwegen schlecht bekamen. Solche Wege kann man sich nicht einmal im Traum vorstellen.

Eines Tages fuhr ich Schiefer für den neuen Kuhstall eines Kolchos. Der Ail lag im Vorgebirge, der Weg dahin führte durch die Steppe. Zunächst ging alles glatt, der Weg war bereits trocken, bis zum Ail war es nur noch ein Katzensprung, als ich plötzlich bei der Durchfahrt durch einen Aryk stecken blieb. An dieser Stelle war der Weg so ausgefahren, dass ein Kamel darin hätte absaufen können. Ich versuchte den Wagen herauszubekommen, doch erfolglos. Die Erde saugte ihn an und hielt ihn wie mit Zangen fest. Zudem hatte ich vor Ärger das Lenkrad so weit herumgerissen, dass sich das Lenkgestänge verklemmt hatte und ich unter den Wagen kriechen musste. Wie ich verdreckt und verschwitzt unter dem Wagen lag und den Weg verfluchte, hörte ich plötzlich Schritte. Von unten sah ich nur ein Paar Gummistiefel. Die Stiefel kamen heran und blieben vor mir stehen. Mich packte die Wut. Was gabs hier zu gaffen? War ich vielleicht ein Zirkus?

»Mach, dass du weiterkommst, und reiz mich nicht!«, schrie ich unter dem Wagen hervor. Da erspähte ich einen Rocksaum, ausgefranst und mit Kuhmist bespritzt. Anscheinend war es eine Alte, die bis zum Ail mitfahren wollte.

»Geh schon, Großmutter!«, bat ich. »Ich werd hier noch ’ne ganze Weile schmoren. So lange kannst du nicht warten.«

Darauf sie: »Ich bin gar keine Großmutter.«

Sie sagte es unsicher, mit einem kleinen Lachen.

»Was denn sonst?«, fragte ich wütend.

»Ein Mädchen.«

»Ein Mädchen?« Ich schielte nach den Stiefeln und fragte scherzhalber: »Wenigstens hübsch?«

Die Stiefel traten erst ein Weilchen auf der Stelle und dann zur Seite, als wollten sie fortgehen. Schnell kroch ich unter dem Wagen hervor. Tatsächlich, es war ein schlankes Mädchen mit streng zusammengezogenen Brauen, einem roten Kopftuch und einem lose um die Schultern hängenden, viel zu großen Jackett, das anscheinend von ihrem Vater stammte. Wortlos sah sie mich an. Ich vergaß, dass ich völlig verdreckt auf der Erde hockte.

»Wirklich hübsch«, sagte ich lächelnd. Sie war tatsächlich hübsch. »Nur Pumps fehlen noch«, scherzte ich und erhob mich.

Das Mädchen drehte sich brüsk um und ging, ohne sich umzusehen, rasch davon.

Nanu? War sie beleidigt? Ich erschrak. Ich wollte ihr schon nachlaufen, besann mich aber, sammelte schnell mein Werkzeug zusammen, kletterte ins Fahrerhaus und gab Gas. Ich versuchte, den Wagen durch Vor- und Zurückstoßen freizubekommen, beseelt von dem einen Gedanken, das Mädchen einzuholen. Der Motor heulte auf, der Wagen erbebte, rutschte nach links und rechts weg, kam aber keinen Schritt vorwärts. Das Mädchen entfernte sich immer mehr. Ich brüllte den Dreck unter den festsitzenden Rädern an: »Lass los! Lass los, sag ich! Hörst du?«

Dann gab ich erneut Gas, ächzend kroch der Wagen zentimeterweise vorwärts und rollte plötzlich, wie durch ein Wunder, aus der verschlammten Stelle heraus. War ich glücklich! Ich raste den Weg entlang, wischte mir mit dem Taschentuch den Dreck vom Gesicht und strich mir das Haar glatt. Als ich das Mädchen eingeholt hatte, stoppte ich und stieß, weiß der Teufel, woher ich das überhaupt hatte, elegant den Schlag auf: »Bitte sehr!«

Dazu machte ich eine einladende Geste.

Das Mädchen ging ruhig weiter, ohne stehen zu bleiben. Mein Schneid war wie weggeblasen. Ich holte sie erneut ein. Diesmal entschuldigte ich mich zuerst und sagte dann: »Bitte, seien Sie mir nicht böse. Ich wollte doch nur … Steigen Sie ein!«

Aber das Mädchen gab keine Antwort.

Da überholte ich sie und stellte den Wagen quer über den Weg. Ich sprang heraus, lief um den Wagen herum, öffnete den Schlag und blieb, die Hand am Griff, stehen. Zögernd kam sie näher und sah mich an, als wollte sie sagen: Was willst du nur von mir! Ich wartete schweigend. Ob aus Mitleid oder weshalb auch immer, jedenfalls nickte sie und stieg, ohne ein Wort zu sagen, ein.

Wir fuhren los.

Ich zerbrach mir den Kopf, wie ich ein Gespräch anknüpfen könnte. Im Umgang mit Mädchen war ich nicht unerfahren, aber diesmal verließ mich der Mut. Warum nur? Beim Lenken blickte ich manchmal verstohlen zu ihr hinüber. An ihrem Hals ringelte sich seidenweiches schwarzes Haar. Das Jackett war ihr von der Schulter gerutscht, sie hielt es mit dem Ellbogen fest und war in die äußerste Ecke gerückt, um mich nicht zu berühren. Aus dem offenen Gesicht blickten ein Paar ernste Augen. Dabei hatte sie etwas sehr Sanftes an sich, und es schien ihr große Mühe zu bereiten, die Stirn in Falten zu legen. Als sie dann ebenfalls zu mir herüberlinste, trafen sich unsere Blicke. Sie lächelte. Ermutigt begann ich: »Warum sind Sie eigentlich stehen geblieben, als ich mit dem Wagen festsaß?«

»Helfen wollte ich Ihnen«, antwortete sie.

»Helfen?« Ich lachte. »Sie haben mir tatsächlich geholfen! Wenn Sie nicht gewesen wären, hätte ich dort bis zum Abend festgesessen. Gehen Sie immer diesen Weg?«

»Ja. Ich arbeite auf der Milchfarm.«

»Das ist schön«, sagte ich erfreut, verbesserte mich aber sofort: »Das ist ein schöner Weg.« In dem Moment haute der Wagen derartig in ein Schlagloch, dass wir mit den Schultern zusammenstießen. Ich wurde rot und wusste nicht, wohin mit den Augen. Aber sie lachte nur und steckte mich mit ihrem Lachen an.

»Und ich Esel wollte nicht in den Kolchos fahren«, gestand ich, noch immer lachend. »Wenn ich gewusst hätte, dass so eine Helferin unterwegs auf mich wartet, hätte ich mich nicht mit der Fahrdienstleiterin gezankt. Ach, Iljas, Iljas … So heiße ich nämlich«, fügte ich hinzu.

»Und ich heiße Asselj.«

Wir näherten uns dem Ail. Der Weg wurde besser. Der Fahrwind drückte gegen die Scheiben, riss Asselj das Tuch vom Kopf und zauste ihr Haar. Wir schwiegen und fühlten uns wohl. Zum ersten Mal erlebte ich das: Mir war leicht und froh ums Herz, nur weil neben mir ein Mensch saß, den ich vor einer Stunde noch nicht gekannt hatte und der jetzt all mein Denken beschäftigte. Ich weiß nicht, was in Asselj vorging, aber ihre Augen lächelten. Wäre doch dieser Weg nie zu Ende, damit wir uns nie trennen müssten. Doch der Wagen fuhr bereits durch den Ail. Plötzlich rief Asselj erschrocken: »Halten Sie an, ich muss aussteigen!«

Ich stoppte.

»Wohnen Sie hier?«

»Nein.« Sie sagte es mit einer mir unverständlichen Erregung. »Aber ich steige lieber hier aus.«

»Warum denn? Ich bringe Sie direkt nach Haus!« Ehe sie widersprechen konnte, fuhr ich weiter.

»Bitte halten Sie hier!«, flehte Asselj. »Danke schön.«

»Gern geschehen«, murmelte ich und fügte, mehr im Ernst als im Scherz, hinzu: »Und wenn ich morgen wieder dort stecken bleibe, helfen Sie mir dann wieder?«

Sie kam nicht mehr dazu, mir zu antworten. Die Gartenpforte öffnete sich, und eine ältere Frau kam erregt auf die Straße gelaufen.

»Asselj!«, rief sie laut und fuhr leise fort: »Wo steckst du denn bloß, Gott soll dich strafen! Geh, zieh dich rasch um. Die Brautwerber sind da!«

Bei diesen Worten wurde Asselj verlegen, das Jackett glitt ihr von der Schulter, sie zog es zurecht und ging folgsam hinter der Mutter her. Ehe die Pforte ins Schloss fiel, drehte sie sich noch einmal nach mir um. Erst jetzt bemerkte ich die gesattelten, schweißbedeckten Pferde, die auf der Straße angepflockt standen. Offenbar kamen sie von weit her. Ich erhob mich ein wenig von meinem Sitz und spähte über den Dubal. Auf dem Hof hantierten Frauen an einem offenen Herd. Von einem großen Kupfersamowar stieg Dampf auf. Zwei Männer weideten unter dem Wetterdach einen Hammel aus. Ja, hier wurden die Brautwerber empfangen, wie es sich gehörte. Mir blieb nichts übrig, als mit meiner Ladung weiterzufahren.

Gegen Abend kehrte ich in den Wagenpark zurück. Ich wusch den Wagen und fuhr ihn in die Garage. Dabei beeilte ich mich nicht und fand immer noch etwas zu tun. Ich begriff nicht, warum mir die heutige Begegnung so zu Herzen gegangen war. Den ganzen Weg hatte ich mich über mich selbst geärgert: Was willst du eigentlich? Was bist du doch für ein Esel! Was bedeutet dir dieses Mädchen schon? Schließlich ist sie weder deine Braut noch deine Schwester. Hast sie zufällig unterwegs getroffen, nach Hause gebracht, und schon ein Getue, als ob sie dir ihre Liebe erklärt hätte. Vielleicht denkt sie nicht mal an dich. Sicher will sie gar nichts von dir wissen. Sie hat einen Bräutigam. Und wer bist du für sie? Ein Fahrer von der Landstraße, wie es sie massenweise gibt. Wenn man mit jedem von denen Bekanntschaft schließen wollte … Was hast du überhaupt für ein Recht, dich da einzumischen? Er schickt seine Brautwerber und wird sie heiraten. Pfeif drauf. Fahr deinen Wagen, und lass sie in Ruh. Doch das Schlimme war, dass ich mich nicht mit dem Gegebenen abzufinden vermochte. Ich konnte Asselj nicht vergessen.

Am Wagen gab es nun wirklich nichts mehr zu tun. Ich hätte ins Ledigenheim gehen können, dort war es immer laut und lustig. Auch eine Rote Ecke gabs. Aber ich wollte allein sein. So machte ich es mir auf dem Kotflügel bequem und verschränkte die Hände unter dem Kopf. Nebenan hantierte Dshantai an seinem Wagen. Er streckte den Kopf aus der Grube und fragte grinsend: »Wovon träumst du, Dshigit?«

»Von Geld«, antwortete ich wütend.

Ich mochte ihn nicht. Er war ein Geizkragen, durchtrieben und neidisch, er wohnte auch nicht im Ledigenheim, wie die anderen, sondern hatte sich ein Zimmer gemietet. Es hieß, er hätte seiner Wirtin die Ehe versprochen, damit würde er zu einem eigenen Haus kommen.

Ich wandte mich ab. Auf dem Hof lärmten unsere Jungen. Einer war mit dem Feuerwehrschlauch auf das Fahrerhaus eines Wagens geklettert und bespritzte die Fahrer, die anstanden, um ihre Wagen zu waschen. Schallendes Gelächter dröhnte über den Hof. Der dicke Wasserstrahl konnte einen Menschen beinahe umwerfen. Einige wollten den Burschen vom Fahrerhaus zerren, aber er war nicht so leicht herunterzukriegen, schoss er doch den Wasserstrahl wie aus einer MP gegen die Anstürmenden, sodass ihnen die Mützen vom Kopf flogen. Plötzlich richtete sich der Strahl nach oben, krümmte sich in der Sonne und schillerte in allen Regenbogenfarben. Dicht daneben stand Kaditscha, unsere Fahrdienstleiterin, ein selbstbewusstes Mädchen, an das nicht so leicht heranzukommen war. Auch jetzt stand sie ruhig und furchtlos da. Mir tust du sowieso nichts, dazu hast du gar nicht den Mumm!, sagte ihre Pose. Einen Fuß vorgesetzt, hielt sie eine Haarnadel zwischen den Zähnen und steckte sich das Haar auf. Vereinzelte silberne Wasserperlen tropften ihr auf den Kopf.

Die Jungen lachten und stachelten den Burschen auf dem Fahrerhaus an.

»Spritz ihr mal das Verdeck ab.«

»Los doch!«

»Vorsicht, Kaditscha!«

Doch der Bursche wagte es nicht, er richtete den Wasserstrahl nur auf ihre Umgebung. Ich an seiner Stelle hätte sie von oben bis unten bespritzt, mir hätte sie es sicher nicht verübelt, höchstens gelacht hätte sie. Längst hatte ich bemerkt, dass sie mich anders behandelte als die Übrigen, sie war mir gegenüber nachgiebiger und manchmal auch ein wenig launisch. Sie hatte es gern, wenn ich mit ihr flirtete und ihr dabei übers Haar strich. Mir gefiel, dass sie zuerst immer mit mir stritt und schimpfte, dann aber rasch nachgab, auch wenn ich unrecht hatte. Manchmal lud ich sie ins Kino ein und brachte sie nach Hause, ihre Wohnung lag auf meinem Weg ins Ledigenheim. Ich ging auch zu ihr hinein in die Fahrdienstleitung, während die anderen nur am Fenster mit ihr verhandeln durften. Aber heute hatte ich andere Sorgen. Mochten sie ihre Späße treiben.

Kaditscha steckte die letzte Haarnadel fest.

»Na, genug jetzt!«, ordnete sie an.

»Zu Befehl, Genossin Fahrdienstleiterin!« Der Bursche auf dem Fahrerhaus legte die Hand an den Mützenschirm und stand stramm. Johlend zogen die Jungen ihn herunter.

Kaditscha kam in die Garage und blieb vor Dshantais Wagen stehen, als suche sie jemand. Mich entdeckte sie nicht gleich wegen der Zwischenwände, die die Garage in Boxen teilten. Dshantai sah aus der Grube und sagte schmeichlerisch: »Guten Tag, meine Schöne!«

»Ah, Dshantai.«

Lüstern betrachtete er ihre Beine. Sie machte eine unwillige Bewegung.

»Na, was starrst du so?« Dabei stieß sie ihn leicht mit der Schuhspitze vors Kinn.

Ein anderer hätte das sicher übel genommen. Dshantai dagegen strahlte, als hätte er einen Kuss bekommen, und tauchte wieder in der Grube unter.

Da erblickte Kaditscha meine Wenigkeit.

»Liegt sichs gut, Iljas?«

»Wie im Federbett.«

Sie legte den Kopf an die Zwischenwand, sah mich unverwandt an und sagte leise: »Komm in die Fahrdienstleitung.«

»Gut.«

Kaditscha entfernte sich. Ich stand auf und wollte schon gehen, als Dshantai erneut den Kopf aus der Grube steckte. »Ein Prachtweib.« Er zwinkerte mir zu.

»Bloß nicht für dich«, schnitt ich ihm jede weitere Bemerkung ab. Ich dachte, er würde wütend werden und mit den Fäusten auf mich losgehen. Ich war sonst kein Liebhaber von Schlägereien, aber mit Dshantai hätte ich mich gerauft. Mir war so schwer ums Herz, dass ich einfach nicht wusste, was ich mit mir anfangen sollte. Dshantai war jedoch nicht im Mindesten gekränkt.

»Abwarten und Tee trinken«, brummte er.

Die Fahrdienstleitung war leer. Nanu? Wo mochte Kaditscha stecken? Als ich mich umwandte, stieß ich mit ihr zusammen. Sie stand an die Tür gelehnt, den Kopf in den Nacken geworfen. Die Augen glänzten unter den Wimpern, heißer Atem versengte mein Gesicht. Ich konnte mich nicht beherrschen, streckte die Hand nach ihr aus, zog sie aber sogleich wieder zurück. Sonderbarerweise schien mir, dass ich Asselj betrog.

»Warum hast du mich gerufen?«, fragte ich missmutig.

Wieder blickte Kaditscha mich unverwandt an.

»Na?« Ich wurde ungeduldig.

»Bist ja nicht gerade sehr freundlich«, sagte sie verletzt. »Oder hat es dir ein Mädchen angetan?«

Ich war sprachlos. Warum machte sie mir Vorwürfe? Und woher wusste sie überhaupt etwas davon?

Da öffnete sich das Fenster, im Rahmen erschien der Kopf Dshantais.

»Bitte sehr, Genossin Fahrdienstleiterin«, sagte er spöttisch und hielt Kaditscha ein Papier hin.

Sie warf ihm einen ärgerlichen Blick zu. Dann fuhr sie mich wütend an: »Du wartest wohl auf eine Sondereinladung, ehe du deinen Fahrbefehl abholst?«

Sie schob mich beiseite und trat rasch zum Tisch.

»Nimm!« Damit reichte sie mir den Fahrbefehl.

Ich nahm ihn. In denselben Kolchos sollte ich fahren. Mir stockte das Herz: dorthin fahren in dem Bewusstsein, dass Asselj … Und überhaupt, warum schickte man gerade mich öfter als alle anderen in die Kolchose?

Ich explodierte.

»Wieder in den Kolchos! Wieder nur Mist und Ziegel karren! Kommt nicht infrage!« Mit diesen Worten knallte ich den Fahrbefehl auf den Tisch. »Ich hab die Nase voll. Hab mich genug im Dreck gesielt. Sollen die andern auch mal das Vergnügen genießen.«

»Schrei nicht so! Du bist für eine Woche abkommandiert, und wenn es sich als notwendig erweisen sollte, wird die Frist verlängert«, herrschte mich Kaditscha an.

Da sagte ich ganz ruhig: »Ich fahre nicht!«

»Na schön. Ich will bei der Leitung ein Wort für dich einlegen.« Sie nahm den Fahrbefehl vom Tisch.

Nun fahre ich also nicht, gings mir durch den Sinn. Und Asselj werde ich nie mehr wiedersehen. Mir wurde noch elender zumute. Ich fühlte, dass ich es zeitlebens bereuen würde. Komme, was da wolle – ich musste hin!

»Na, gib schon her.« Ich riss Kaditscha den Fahrbefehl aus der Hand.

Dshantai feixte durchs Fenster: »Grüß meine Großmutter!«

Obwohl er dafür eins in die Fresse verdient hätte, knallte ich wortlos die Tür zu und ging hinüber ins Ledigenheim.

Anderntags guckte ich mir die Augen aus dem Kopf. Wo mochte sie sein? Ob ihr Figürchen, schlank wie eine Pappel, irgendwo am Weg auftauchen würde? Du meine Pappel im roten Kopftuch! Meine Steppenpappel! Mochte sie auch Gummistiefel und das Jackett ihres Vaters anhaben, ich hatte gesehen, was für ein Mädchen sie war!

Asselj hatte mein Herz gerührt und meine Seele in Aufruhr versetzt.

Während ich fuhr, schaute ich nach links und rechts, aber sie war nirgends zu sehen. Schließlich erreichte ich den Ail. Vor ihrem Hof hielt ich an. Vielleicht war sie zu Hause? Aber wie sollte ich sie herausrufen, was sollte ich sagen? Ach, sicher würde ich sie nie wiedersehen. Ich gab Gas und fuhr zum Kuhstall, um die Ziegel abzuladen. Beim Entladen überlegte ich, dass noch nicht alles verloren sei. Vielleicht würde ich sie auf der Rückfahrt treffen. Aber ich traf sie nicht. Deshalb bog ich zur Farm ab. Die

Farm lag abseits, weit entfernt vom Ail. Ich erkundigte mich bei einem Mädchen nach Asselj. Sie sei heute nicht zur Arbeit gekommen, lautete die Antwort. Sie ist absichtlich nicht zur Arbeit gegangen, um mich nicht zu treffen, dachte ich verstimmt. Niedergeschlagen kehrte ich in den Wagenpark zurück.

Am nächsten Tag fuhr ich erneut los. Diesmal hoffte ich nicht einmal, ihr zu begegnen. Wozu brauchte sie mich schließlich, warum sollte ich mich aufdrängen, wo sie doch verlobt war? Allein, ich konnte einfach nicht glauben, dass alles so enden sollte, verlobt und verheiratet man doch die Mädchen in den Ailen bis auf den heutigen Tag, ohne sie überhaupt zu fragen. Wie oft hatte ich davon in der Zeitung gelesen! Aber was änderte das? Voraussicht ist besser als Nachsehen. War sie erst verheiratet, gab es kein Zurück mehr, dann war ihr Leben zerbrochen. Solche Gedanken gingen mir durch den Kopf. Damals stand der Frühling in voller Blüte. Überall im Vorgebirge leuchteten rote Tulpen. Ich liebte diese Blume von Kind an. Einen Armvoll pflücken und ihr bringen! Aber wo sollte ich sie finden?

Da sah ich plötzlich, ich traute meinen Augen kaum, Asselj! Als wartete sie auf jemand, saß sie dort, wo mein Wagen das letzte Mal stecken geblieben war, am Wegrand auf einem Stein. Ich fuhr auf sie zu. Erschrocken sprang sie auf, nahm verwirrt das Tuch vom Kopf und zerknüllte es in den Händen. Diesmal trug sie ein schönes Kleid und Sandaletten mit hohem Absatz. Ich bremste, das Herz schlug mir bis zum Hals.

»Guten Tag, Asselj!«

»Guten Tag«, antwortete sie leise.

Ich wollte ihr in den Wagen helfen, aber sie wandte sich ab und schlenderte den Weg entlang. Sie wollte also nicht einsteigen. Ich holte sie ein, öffnete den Schlag und fuhr langsam neben ihr her. Wir schwiegen beide. Worüber hätten wir auch reden sollen? Dann fragte sie: »Waren Sie gestern auf der Farm?«

»Ja. Weshalb?«

»Ach, nur so. Fahren Sie bitte nicht mehr hin.«

»Ich wollte Sie sehen!«

Sie gab keine Antwort.

Währenddes hatte ich nichts als die verfluchte Brautwerbung im Kopf. Ich wollte wissen, wie es damit stünde. Aber ich bekam den Mund nicht auf, denn ich fürchtete ihre Antwort.

Asselj schaute mich an.

»Ist es wirklich wahr?«, fragte ich endlich.

Sie nickte. Fast wäre mir das Lenkrad entglitten.

»Wann ist die Hochzeit?«, wollte ich wissen.

»Bald«, erwiderte sie leise.

Im ersten Augenblick wäre ich am liebsten davongefahren, aber statt aufs Gaspedal trat ich auf die Kupplung. Der Motor heulte im Leerlauf auf, und Asselj sprang erschrocken beiseite. Ich entschuldigte mich nicht einmal. Jetzt hatte ich andere Sorgen.

»Also werden wir uns nie wiedersehen?«, fragte ich.

»Ich weiß nicht. Es wäre sicher das Beste.«

»Aber ich … ich werde Sie trotzdem überall suchen, ob Sie es wollen oder nicht.«

Dann schwiegen wir wieder. Vielleicht dachten wir beide dasselbe, doch es war, als stünde eine Mauer zwischen uns, die mir nicht erlaubte, zu ihr zu gehen, und die sie daran hinderte, sich zu mir ins Fahrerhaus zu setzen.

»Weichen Sie mir nicht aus, Asselj. Versprechen Sie mir das? Ich will nicht aufdringlich sein und Sie nur von Weitem anschauen.«

»Ich weiß nicht, vielleicht …«

»Steigen Sie doch ein, Asselj.«

»Nein. Bitte, fahren Sie. Der Ail ist schon ganz nah.«

Wir trafen uns noch öfter, jedes Mal wie zufällig. Und jedes Mal schlenderte sie den Weg entlang und fuhr ich langsam neben ihr her. Schade, aber was blieb mir übrig.

Nach dem Bräutigam fragte ich nicht. Es war mir peinlich, und ich hatte auch keine Lust. Aber aus ihren Worten entnahm ich, dass sie ihn kaum kannte. Er war ein entfernter Verwandter ihrer Mutter und wohnte in einer entlegenen Bergförsterei. Seit eh und je tauschten beide Familien ihre Mädchen untereinander aus und hielten dadurch ihre Verwandtschaft von Generation zu Generation aufrecht. Asseljs Eltern hätten den Gedanken, ihre Tochter anderwärts zu verheiraten, weit von sich gewiesen. Als Schwiegersohn wäre ich überhaupt nicht infrage gekommen. Wer war ich schon? Ein hergelaufener Fahrer! Ich hätte auch nie gewagt, um Asseljs Hand anzuhalten.

In jenen Tagen war Asselj wortkarg und hing ihren Gedanken nach. Ich hatte überhaupt keine Hoffnungen mehr. Ihr Schicksal war entschieden, und unsere Begegnungen waren eigentlich zwecklos. Doch wie Kinder bemühten wir uns, nicht darüber zu sprechen, und trafen uns immer wieder, weil wir es uns nicht versagen konnten. Wir glaubten beide, nicht ohne einander leben zu können. So vergingen fünf Tage.

An jenem Morgen war ich im Wagenpark und machte mich gerade zur Ausfahrt fertig, als ich zur Fahrdienstleiterin gerufen wurde.

»Kannst dich freuen«, empfing mich Kaditscha fröhlich. »Du sollst auf der Strecke nach Sinsiang eingesetzt werden.«

Ich stand wie versteinert. Ich hatte gar nicht mehr daran gedacht, dass mein Kolchoseinsatz je ein Ende nehmen könnte. Die Fahrten nach China dauerten stets mehrere Tage, wer weiß, wann ich dann Zeit fände, Asselj zu sehen. Und plötzlich verschwinden, ohne ihr Bescheid gesagt zu haben?

»Du scheinst dich ja gar nicht zu freuen«, bemerkte Kaditscha.

»Und wie soll es im Kolchos weitergehen?«, fragte ich erregt. »Die Arbeit dort ist noch nicht abgeschlossen.«

Kaditscha zuckte verwundert die Schultern.

»Früher wolltest du doch selber nicht hin.«

Wütend erwiderte ich: »Früher wars eben was anderes.«

Ich setzte mich auf einen Stuhl und wusste nicht, was ich anfangen sollte.

In dem Moment kam Dshantai herein. Er sollte statt meiner in den Kolchos fahren. Ich spitzte die Ohren. Sicher würde Dshantai ablehnen, denn der Verdienst auf dieser Strecke war gering. Doch er nahm den Fahrbefehl und sagte obendrein: »Für dich fahr ich selbst ans Ende der Welt, Kaditscha! Im Ail sind sicher schon die Hammelchen schlachtreif, soll ich dir eins mitbringen?«

Da erblickte er mich.

»Verzeihung, ich habe wohl gestört!«

»Mach, dass du wegkommst«, fauchte ich, ohne den Kopf zu heben.

»Was sitzt du denn noch herum, Iljas?« Kaditscha berührte meine Schulter.

»Ich muss in den Kolchos. Schick mich hin, Kaditscha«, bat ich.

»Bist du nicht bei Trost? Das kann ich nicht, es ist niemand weiter angefordert worden«, sagte sie und sah mich bang an. »Warum möchtest du denn so gern hin?«

Ich gab keine Antwort. Wortlos ging ich hinaus und begab mich zur Garage. In dem Moment raste Dshantai an mir vorüber, zwinkerte mir dreist zu und hätte mich fast mit dem Kotflügel gestreift.

Lange machte ich mir am Wagen zu schaffen, um die Abfahrt hinauszuzögern, aber es gab keinen Ausweg. Ich fuhr zum Ladeplatz. Dort warteten nur wenige Wagen. Die Kumpel luden mich zu einer Zigarette ein, doch ich kletterte nicht mal vom Sitz. Ich schloss die Augen und stellte mir vor, wie Asselj vergeblich am Wegrand wartete. Einen Tag, zwei Tage, drei Tage. Was würde sie von mir denken?

Gleich war ich an der Reihe. Schon wurde der Wagen vor mir beladen. Noch ein Augenblick, und ich musste meinen Wagen unter den Kran fahren. Verzeih, Asselj, dachte ich, verzeih, meine Steppenpappel, du! Da kam mir plötzlich eine Idee: Ich konnte ihr doch Bescheid sagen und gleich wieder zurückkehren. Schließlich war es kein Unglück, wenn ich die Fahrt ein paar Stunden später antrat. Wenn ich es dem Leiter des Wagenparks nachher erklären würde, hätte er vielleicht ein Einsehen, und wenn nicht, bekäme ich höchstens einen Verweis. Ich konnte nicht anders! Ich musste zu ihr!

Ich wollte den Rückwärtsgang einschalten, aber hinter mir standen die Wagen dicht aufgefahren. Inzwischen war mein Vordermann abgefertigt, sodass ich drankam.

»Na los doch, Iljas!«, rief der Kranführer.

Schon bewegte sich der Ausleger auf meinen Wagen zu. Damit war alles aus! Mit Exportgut durfte man nirgends mehr hin. Warum war mir meine Idee nur nicht früher gekommen? Der Expedient mit den Papieren trat zu mir heran. Durch die Rückscheibe warf ich einen Blick auf die Ladefläche. Schaukelnd senkte sich die Ladung herab. Sie senkte sich immer tiefer.

Ich schrie aus voller Kehle: »Obacht!«

Dann gab ich Gas und raste im letzten Augenblick davon. Hinter mir wurde gejohlt, gepfiffen und geschimpft. Ich jagte an Lagerschuppen, Bretterstapeln und Kohlenbergen vorbei. Es war, als wäre ich mit dem Lenkrad verwachsen. Der Weg verschwamm mir vor den Augen, der Wagen fing an zu schleudern. Aber das war ich schließlich gewohnt.

Bald hatte ich Dshantai eingeholt. Er steckte den Kopf aus dem Fahrerhaus und machte große Augen: Er hatte mich erkannt. Obwohl er sah, dass ich es eilig hatte, gab er nicht den Weg frei. Ich bog aufs Feld ab, um ihn zu überholen. Dshantai legte ebenfalls ein größeres Tempo vor und ließ mich nicht auf den Weg zurück. So fuhren wir eine Weile, er auf dem Weg, ich auf dem Feld. Über den Lenker gebeugt, sahen wir uns wie wilde Bestien von der Seite an und fluchten.

»Wo willst du denn hin? Wozu das?«, schrie er.

Ich drohte ihm mit der Faust. Da mein Wagen leer war, überholte ich ihn schließlich und hängte ihn ab.

Asselj traf ich nicht. Atemlos langte ich im Ail an, ich keuchte, als wäre ich zu Fuß hingelaufen. Weder auf dem Weg noch auf dem Hof war jemand zu sehen. Nur ein gesatteltes Pferd stand angepflockt neben der Gartenpforte. Was sollte ich machen? Ich entschloss mich zu warten, sicher würde sie den Wagen sehen und herauskommen. Ich klappte die Motorhaube hoch und tat, als wollte ich etwas reparieren, in Wirklichkeit beobachtete ich jedoch die Gartenpforte. Ich brauchte nicht lange zu warten. Die Pforte ging auf, und heraus traten Asseljs Mutter und ein beleibter alter Mann mit schwarzem Bart. Er trug zwei gesteppte Kittel, der untere war aus Plüsch, der obere aus Samt. In der Hand hielt er eine schöne Peitsche. Der Alte hatte ein verschwitztes, rotes Gesicht, offenbar hatte er gerade Tee getrunken. Sie traten zum Pferd. Asseljs Mutter hielt ehrerbietig den Steigbügel und half dem Alten in den Sattel.

»Wir sind mit euch sehr zufrieden, Schwäher«, sagte sie. »Aber ihr braucht euch unseretwegen auch nicht zu sorgen. Für unsere Tochter ist uns nichts zu schade. Unsere Hände sind gottlob ebenfalls nicht leer.«

»O Baibitsche, ich denke, wir werden uns gegenseitig nicht übervorteilen«, antwortete er und setzte sich im Sattel zurecht. »Möge Gott dem jungen Paar Gesundheit schenken! Und was die Gaben betrifft: Sie sind schließlich nicht für Fremde bestimmt, sondern für unsere Kinder. Es ist nicht zum ersten Mal, dass sich unsere Sippen verschwägern. Nun, lebt wohl, Baibitsche! Es ist also abgemacht: am Freitag!«

»Am Freitag! Ein heiliger Tag! Kommt gut nach Haus, und grüßt die Schwäherin.«

Was reden sie vom Freitag? dachte ich. Was haben wir denn heute? Mittwoch. Und wenn sie Asselj am Freitag fortbringen? Ach, wie lange sollen die alten Bräuche uns Jungen noch das Leben verbittern?

Der Alte ritt im leichten Trab in Richtung der Berge davon.

Asseljs Mutter wartete, bis er sich entfernt hatte, dann wandte sie sich mir zu und maß mich mit einem unfreundlichen Blick.

»Warum kommst du eigentlich letztens so oft her, du ungebetener Gast?«, fragte sie. »Hier ist keine Karawanserei, hier wird nicht herumgelungert! Fahr ab, hörst du? Merk dir das auch für die Zukunft.«

Ich war ihr also schon früher aufgefallen.

»Ich hab eine Panne!«, knurrte ich unwirsch und

kroch jetzt schon mit dem ganzen Oberkörper unter die Motorhaube. Nein, ich würde nicht abfahren, bevor ich Asselj nicht gesehen hatte.

Das Mamachen brummelte noch etwas vor sich hin und entfernte sich.

Ich setzte mich aufs Trittbrett, zündete mir eine Zigarette an. Auf einmal kam ein kleines Mädchen angelaufen und hüpfte um den Wagen herum. Sie hatte eine entfernte Ähnlichkeit mit Asselj. Ob es ihr Schwesterchen war?

»Asselj ist weggegangen«, sagte sie und hüpfte weiter.

»Wohin denn?« Ich zog die Kleine zu mir heran. »Wo ist sie hingegangen?«

»Woher soll ich das wissen? Lass mich.« Sie riss sich los und streckte mir zum Abschied die Zunge heraus.

Ich klappte die Motorhaube zu und setzte mich ans Lenkrad. Wo sollte ich hinfahren, wo sie suchen? Überdies war es schon höchste Zeit umzukehren. Im Schneckentempo zuckelte ich den Weg entlang, hinaus in die Steppe. Vor der Durchfahrt durch einen Aryk hielt ich an. Ich stieg aus und legte mich ins Gras, denn ich wusste nicht mehr weiter. Mir war hundeelend. Asselj hatte ich nicht gefunden, und meine Arbeit hatte ich versäumt. Ich verlor mich in Gedanken, vergaß alles um mich her. Wie lange ich so gelegen hatte, weiß ich nicht mehr, aber als ich den Kopf hob, erblickte ich auf der anderen Seite des Wagens ein Paar Mädchenbeine in Sandaletten. Sie wars! Ich erkannte sie sofort. Vor Freude begann mein Herz wild zu hämmern, und die Knie wurden mir weich, sodass ich nicht hochkam. Es war dieselbe Stelle, wo wir uns zum ersten Mal begegnet waren.

»Geh schon, Großmutter«, sagte ich zu den Sandaletten.

»Ich bin gar keine Großmutter«, ging Asselj auf das Spiel ein.

»Was denn sonst?«

»Ein Mädchen!«

»Ein Mädchen? Wenigstens hübsch?«

»Überzeug dich selbst.«

Wir lachten los. Ich sprang auf und stürzte auf sie zu, sie kam mir entgegengelaufen. Wir blieben voreinander stehen.

»Das allerhübscheste Mädchen, das ich kenne«, sagte ich.

Wie eine biegsame junge Pappel im Wind stand sie vor mir, in einem kurzärmligen Kleid, zwei Bücher unterm Arm.

»Woher wusstest du denn, dass ich hier bin?«

»Ich kam aus der Bibliothek und sah deine Wagenspur auf dem Weg.«

Ich konnte es kaum glauben. Für mich bedeuteten diese Worte mehr als das Bekenntnis: Ich liebe dich.

Sie musste wohl an mich gedacht haben, und ich musste ihr etwas bedeuten, wenn sie meine Wagenspur suchte.

»Ich bin gleich hergekommen, denn ich konnte mir schon denken, dass du wartest.«

Ich nahm ihre Hand.

»Steig ein, Asselj, wir wollen ein bisschen spazieren fahren.«

Sie war sofort einverstanden. Ich erkannte sie einfach nicht wieder. Mich übrigens auch nicht. Meine Sorgen und mein Kummer waren wie weggeblasen.

Es gab nur noch uns, unser Glück, den Himmel und den Weg. Ich öffnete den Schlag, ließ sie Platz nehmen und setzte mich ans Lenkrad.

Wir fuhren einfach drauflos, ohne Ziel. Aber was machte das schon, uns genügte es, nebeneinander zu sitzen, einander in die Augen zu sehen und uns an den Händen zu halten. Asselj rückte mir die Soldatenmütze zurecht.

»So ist es hübscher«, sagte sie und schmiegte sich an meine Schulter.

Pfeilschnell flog der Wagen dahin. Die ganze Welt geriet in Bewegung, alles eilte uns entgegen: die Berge, die Felder und die Bäume. Der Wind pfiff uns um die Ohren, die Sonne strahlte am Himmel, wir lachten und atmeten in tiefen Zügen den Duft des Wermuts und der Tulpen. Ein Steppengeier, der auf den Ruinen eines alten Kümbös saß, strich mit wenigen Flügelschlägen ab und glitt über dem Weg dahin, als wollte er mit uns um die Wette fliegen.

Zwei Reiter rissen erschrocken ihre Pferde zur Seite, dann jagten sie mit wildem Geschrei hinter uns her.

»He! Halt! Anhalten!« Sie schlugen auf ihre dahingaloppierenden Pferde ein. Ich wusste nicht, wer sie waren. Vielleicht kannte Asselj sie. Bald waren sie in den Staubwolken hinter uns verschwunden.

Vorn bog ein Kutschwagen ab. Seine Insassen, ein Junge und ein Mädchen, winkten uns freundlich zu.

»Schönen Dank«, schrie ich ihnen nach.

Die Steppe war zu Ende, wir hatten wieder Asphalt unter den Rädern.

Ganz in der Nähe musste der See liegen. Ich bog scharf ab und fuhr querfeldein durch Wiesen und Gestrüpp zum Seeufer. Auf einer Anhöhe dicht am Wasser machte ich halt.

Als hielten sie sich an den Händen, eilten die schäumenden, blauen Wellen in dichter Folge ans gelbe Ufer. Die hinter den Bergen versinkende Sonne färbte das Wasser rötlich. Fern, von der anderen Seite des Sees, grüßten violette Schneeberge herüber. Über ihren Häuptern türmten sich graue Wolken.

»Schau, Asselj, Schwäne!«, rief ich.

Schwäne sieht man auf dem Issyk-Kul nur im Herbst und Winter, wenn sie nach dem Norden ziehen. Im Frühling sind sie eine Seltenheit. Sie sollen Glück bringen.

Ein Schwarm weißer Schwäne flog über den abendlichen See. Bald schwangen sie sich in die Höhe, bald ließen sie sich mit weit gebreiteten Schwingen fallen, badeten im schäumenden Wasser, erhoben sich wieder in die Luft und zogen in langer Kette mit gleichmäßigem Flügelschlag zu dem sandigen Steilhang einer Bucht, wo sie sich zur Nacht niederließen.

Schweigend schauten wir ihnen nach. Dann sagte ich, als wäre schon alles entschieden: »Siehst du die Dächer dort drüben am Ufer? Das ist unser Wagenpark. Und das«, ich zeigte auf den Wagen, »das ist unser Haus.« Ich lachte. Wo hätte ich sie sonst unterbringen können?

Asselj sah mir in die Augen, lehnte sich an mich, legte die Arme um meinen Hals und sagte weinend und lachend zugleich: »Ich brauche kein Haus, Liebster. Wenn doch Vater und Mutter wenigstens nachher ein Einsehen hätten. Zeitlebens werden sie mir das nicht verzeihen, ich weiß es. Aber bin ich denn schuld daran?«

Es dunkelte rasch. Wolken kamen auf und senkten sich tief übers Wasser. Der See erstarb und wurde schwarz. Es war, als wäre irgendwo in den Bergen ein Elektroschweißer am Werk, denn es blitzte hin und wieder auf. Ein Gewitter war im Anzug. Darum also waren die Schwäne hierher abgebogen. Sie hatten gespürt, dass das Unwetter sie im Gebirge überraschen könnte.

Ein Donnerschlag krachte. Es begann zu regnen. Ein wilder, lärmender Guss. Der See gurgelte und kochte, schäumende Wellen rollten heran und brachen sich am Ufer. Es war das erste Frühlingsgewitter. Und es war unsere erste Nacht. In Bächen rann das Wasser an den Scheiben herab. Weißflammende Blitze tauchten in den aufgewühlten, nachtschwarzen See. Eng aneinandergepresst saßen wir da und unterhielten uns leise. Asselj zitterte, sie war wohl verängstigt, vielleicht fror sie auch. Ich legte ihr meine Jacke um, nahm sie fester in den Arm und kam mir dabei groß und stark vor. Nie hatte ich geahnt, dass ich so zärtlich sein konnte, nie gewusst, dass es so schön war, jemanden zu behüten, für jemanden zu sorgen. Ich flüsterte ihr ins Ohr: »Nie darf dir jemand etwas tun, du meine Pappel im roten Kopftuch!«

Das Gewitter war ebenso rasch vorbei, wie es begonnen hatte. Aber noch immer trugen die Wellen des aufgewühlten Sees kleine Schaumkrönchen und ging ein leichter Regen nieder.

Ich holte das Kofferradio, damals mein einziger kostbarer Besitz, hervor und stellte es an. Aus dem Stadttheater wurde das Ballett »Tscholpon« übertragen. Die Musik kam von jenseits der Berge und erfüllte das Fahrerhaus, zärtlich und mächtig zugleich, wie die Liebe, von der das Ballett handelte. Das Publikum applaudierte, rief die Namen der Tänzer, warf vielleicht auch Blumen auf die Bühne, aber sicher war keiner der Theaterbesucher so begeistert und erregt wie wir beide in unserem Wagen am Ufer des wütenden Issyk-Kul. Das Ballett handelte von uns, von unserer Liebe. Das Schicksal des Mädchens Tscholpon, das auszog, sein Glück zu suchen, rührte uns ans Herz. Meine Tscholpon, mein Morgenstern, war bei mir! Gegen Mitternacht schlief sie an meiner Schulter ein, ich aber fand keine Ruhe. Sanft streichelte ich ihr Gesicht und lauschte dem tiefen Seufzen des Issyk-Kul.

Am Morgen langten wir im Wagenpark an. Die Kumpel wuschen mir tüchtig den Kopf. Als sie jedoch den Grund für mein Verhalten erfuhren, verziehen sie mir, denn schließlich war eine Hochzeit keine alltägliche Sache. Dann lachten sie noch lange bei der Erinnerung, wie ich unter dem Ladekran davongerast war.

Ich musste wieder auf Fernfahrt nach China. Asselj nahm ich mit. Unterwegs wollte ich sie bei meinem Freund Alibek Dshanturin absetzen. Er wohnte mit seiner Familie neben dem Umschlagpunkt bei Naryn, also unweit der Grenze. Immer wenn ich dort vorbeikam, besuchte ich ihn. Alibek hatte eine prächtige Frau, die ich sehr schätzte.

Wir fuhren los. Als Erstes kauften wir in einem

Laden etwas zum Anziehen für Asselj. Sie besaß doch nur das Kleid, das sie anhatte. Wir erstanden auch einen großen geblümten Schal. Wie sich nachher erwies, war das ein guter Gedanke gewesen. Unterwegs trafen wir einen bejahrten Fahrer, den Aksakal Urmat-ake. Schon von Weitem bedeutete er mir anzuhalten. Ich stoppte, stieg aus und begrüßte ihn.

»Salam aleikum, Urmat-ake!«

»Salam aleikum, Iljas! Möge die Kette des Falken, der sich auf deiner Hand niedergelassen hat, niemals zerreißen!«, beglückwünschte er mich nach altem Brauch. »Möge Gott euch Glück und Kinder bescheren.«

»Habt Dank! Woher wisst ihr es, Urmat-ake?«, fragte ich erstaunt.

»Ja, mein Sohn, eine gute Kunde bleibt nicht auf der Erde liegen. Sie läuft von Mund zu Mund über die ganze Strecke.«

»Na, so was!« Ich war verblüfft.

Wir standen auf der Straße und unterhielten uns. Urmat-ake hielt sich in gebührlicher Entfernung von meinem Wagen und schaute auch nicht zu Asselj hin. Sie begriff, legte den Schal um und verhüllte das Gesicht. Urmat-ake lächelte zufrieden.

»So geziemt es sich«, sagte er. »Hab Dank, Töchterchen, für die Ehrerbietung. Von nun an sollst du als unser Schwiegertöchterchen gelten, als Schwiegertöchterchen aller Aksakale des Wagenparks. Hier, Iljas, für die Brautschau.« Damit reichte er mir ein Geldstück. Ich durfte es nicht zurückweisen, das hätte ihn gekränkt.

Wir verabschiedeten uns und fuhren weiter. Asselj nahm den Schal nicht mehr ab. Wie es sich in einem richtigen kirgisischen Haus gehörte, saß sie im Fahrerhaus und verhüllte schüchtern das Gesicht, sobald wir einem bekannten Fahrer begegneten. Nach jeder derartigen Begegnung lachten wir aus vollem Halse. Mit dem Schal erschien mir Asselj noch schöner.

»Meine kleine Braut, du, schau mich an, und gib mir einen Kuss«, bat ich.

»Auf keinen Fall, die Aksakale könnten es sehen«, antwortete sie lachend und küsste mich dabei verstohlen auf die Wange.

Alle bekannten Fahrer, denen wir begegneten, beglückwünschten uns. Viele hatten nicht nur unterwegs Blumen für uns gepflückt, sondern auch Geschenke besorgt. Ich weiß nicht, wer auf den Gedanken gekommen war, bestimmt unsere russischen Kumpel: Bei ihnen auf dem Dorf war es Brauch, die Hochzeitswagen zu schmücken, und so leuchteten auch an unserem Wagen rote, blaue und grüne Bänder, Seidentücher und Blumensträuße. Der Wagen war eine einzige Farbsinfonie, sicherlich sah man ihn kilometerweit. Asselj und ich waren glücklich, und ich war stolz auf meine Freunde. Es heißt, im

Unglück erkennt man die Freunde, ich meine, im Glück aber ebenfalls.

Unterwegs trafen wir auf Alibek Dshanturin, meinen besten Freund. Er war zwei Jahre älter als ich, ein stämmiger Bursche mit großem Kopf, vernünftig, ernst und ein ausgezeichneter Fahrer. Wir hatten ihn ins Gewerkschaftskomitee gewählt. Ich war gespannt, was er sagen würde.

Alibek betrachtete wortlos unseren Wagen und schüttelte den Kopf. Dann trat er zu Asselj, drückte ihr die Hand und beglückwünschte sie.

»Na, gib mal den Fahrbefehl her«, verlangte er. Verwundert reichte ich ihm das Papier. Alibek zückte einen Füllfederhalter und schrieb mit großen Buchstaben quer über das Blatt: »Hochzeitsreise Nr. 167!« 167 war nämlich die Nummer des Fahrbefehls.

»Was machst du da?«, fragte ich entsetzt. »Das ist doch ein Dokument.«

»Das geht in die Geschichte ein«, grinste er. »Du denkst wohl, in der Buchhaltung sitzen keine Menschen, was? Und jetzt gib die Pfote her!« Er umarmte und küsste mich. Wir lachten. Als wir schon zu unserem Wagen gehen wollten, hielt mich Alibek noch für einen Augenblick zurück und fragte: »Und wo werdet ihr wohnen?«

Ich zuckte die Achseln.

»Das ist unser Haus.« Dabei deutete ich auf den Wagen.

»Im Fahrerhaus? Sollen auch die Kinder dort aufwachsen? Hör zu. Wir ziehen in unser neues Haus, ich lege bei der Leitung ein Wort für euch ein, und ihr zieht in unsere kleine Wohnung neben dem Umschlagpunkt.«

»Aber dein Haus ist doch noch gar nicht fertig!« Alibek baute sich in Rybatschje ein Haus, unweit des Wagenparks. In meiner Freizeit hatte ich ihm oft geholfen.

»Tut nichts. Es sind nur noch Kleinigkeiten zu machen. Etwas Besseres kriegst du im Augenblick sowieso nicht. Du weißt doch selbst, wie knapp Wohnungen sind.«

»Ich danke dir. Etwas Besseres brauchen wir auch nicht. Ich wollte Asselj nur vorübergehend bei euch einquartieren, und du überlässt uns gleich die ganze Wohnung.«

»Also richtet euch bei uns ein. Auf der Rückfahrt wartest du, bis ich komme. Dann besprechen wir alles mit unseren Frauen.« Dabei blinzelte er Asselj zu.

»Ja, jetzt schon mit unseren Frauen.«

»Glückliche Hochzeitsreise!«, rief uns Alibek noch nach.

Hols der Teufel! Es war in der Tat unsere Hochzeitsreise! Und was für eine!

Wir freuten uns, dass alles so gut ging. Nur eine Begegnung verdarb mir ein wenig die Laune.

An einer Straßenbiegung tauchte plötzlich Dshantais Wagen auf. Dshantai war nicht allein, neben ihm saß Kaditscha. Er winkte mir zu, und ich stoppte. Auf gleicher Höhe hielten wir an. Dshantai steckte den Kopf heraus.

»Warum hast du denn deinen Wagen geschmückt, als ginge es zur Hochzeit?«

»Es ist wirklich ein Hochzeitswagen«, antwortete ich.

»Wieso?«, fragte er verblüfft und sah Kaditscha ratlos an.

»Und wir suchen dich!«, platzte er heraus.

Reglos saß Kaditscha da, sie war blass und verwirrt.

»Guten Tag, Kaditscha«, sagte ich freundlich. Schweigend nickte sie mir zu.

»Das ist also deine Braut?«, erkundigte sich Dshantai.

»Nein, meine Frau«, entgegnete ich und legte meinen Arm um Asseljs Schultern.

»Deine Frau?« Dshantai machte noch größere Augen. Man sah ihm an, dass er nicht wusste, ob er sich freuen sollte oder nicht. »Na, dann meinen Glückwunsch, von ganzem Herzen.«

»Danke.«

Dshantai feixte.

»Ein geriebener Bursche bist du! Hast sie sicher ohne Brautgeld entführt?«

»Esel«, erwiderte ich wütend. »Mach, dass du weiterkommst!«

Was es doch für Menschen gibt! Ich wollte ihn weiter beschimpfen, wie er es verdient hatte. Als ich jedoch hinschaute, sah ich ihn neben seinem Wagen stehen. Er rieb sich fluchend die Wange und drohte Kaditscha mit der Faust. Sie aber rannte querfeldein davon, rannte, stürzte plötzlich lang hin und barg das Gesicht in den Händen. Ich wusste nicht, was zwischen ihnen vorgefallen war, aber sie tat mir leid, ich hatte das Gefühl, als wäre ich schuldig vor ihr. Asselj sagte ich nichts davon.

Eine Woche später bezogen wir das Häuschen neben dem Umschlagpunkt. Das Häuschen war winzig, es bestand nur aus einer Diele und zwei Stuben. Es gab mehrere solcher Häuschen dort, in ihnen wohnten die Fahrer mit ihren Familien und die Arbeiter von der Tankstelle. Die Häuschen waren zwar klein, dafür aber günstig gelegen, direkt an der Straße und nicht weit von Naryn. Naryn war immerhin Gebietsstadt. Man konnte ins Kino gehen oder einen Ladenbummel machen. Auch ein Krankenhaus war da. Abgesehen davon gefiel uns, dass der Umschlagpunkt auf halbem Weg zwischen Rybatschje und Sinsiang lag, also an der Strecke, die ich am häufigsten fuhr. So konnte ich oft zu Hause übernachten. Ich sah Asselj fast täglich. Selbst wenn ich unterwegs aufgehalten wurde, fuhr ich noch nach Hause, mochte es auch Mitternacht sein. Asselj wartete immer auf mich, sie legte sich nie hin, bevor ich da war. Wir hatten schon einige Anschaffungen für den Haushalt gemacht, kurz, wir begannen, uns allmählich einzurichten. Wir beschlossen, dass auch Asselj arbeiten gehen sollte, sie selbst drängte darauf, war sie doch im Ail groß geworden und hatte nie die Hände in den Schoß gelegt. Da stellte sich zu unserer Freude heraus, dass sie bald Mutter werden würde.

An jenem Tag, als Asselj das Kind zur Welt brachte, kam ich gerade aus China zurück. Ich beeilte mich und war sehr aufgeregt. Asselj lag im Entbindungsheim in Naryn. Als ich dort ankam, erfuhr ich, dass ich einen Sohn hatte. Zu ihr ließ man mich natürlich nicht. Ich setzte mich in den Wagen und jagte in die Berge. Es war Winter. Ringsum nichts als Schnee und Felsen. Vor meinen Augen flimmerte es – schwarz und weiß, schwarz, weiß … Ich fuhr bis zum Dolonpass hinauf. Dort hielt ich an und sprang aus dem Wagen.

Da stand ich nun in der Höhe, tief unter mir krochen die Wolken über die Erde, die Berge erschienen mir wie Zwerge. Ich holte tief Luft und schrie aus vollem Halse: »He, ihr Berge! Ich habe einen Sohn!«

Mir war, als ob die Berge erbebten. Sie warfen meine Worte zurück, lange rollte das Echo von Schlucht zu Schlucht, bis es verhallte.

Auf meinen Wunsch nannten wir unseren Sohn

Samat. Alle unsere Gespräche drehten sich nur um ihn. Es war, wie es sich für junge Eltern gehörte.

Wir verstanden, wir liebten uns, bis eines Tages das Unglück über mich hereinbrach.

Schwer zu sagen, wie alles gekommen ist. Alles war so verworren. Heute habe ich vieles begriffen, aber was nutzt das jetzt.

Den Mann traf ich einmal zufällig unterwegs, ohne zu ahnen, dass das nicht unsere letzte Begegnung sein würde.

Im Spätherbst trat ich eine Fahrt an. Es war elendes Wetter. Vom Himmel nieselte es feucht und kalt, nicht Schnee, nicht Regen. Wie Mehlbrei lastete der Nebel auf den Hängen. Pausenlos waren die Scheibenwischer in Betrieb. Ich war schon hoch im Gebirge, kurz vorm Dolonpass. Ach, Dolon, Dolon, du Riesenbrocken des Tienschan! Wie viel Erlebnisse sind für mich damit verbunden, mit diesem schwierigsten und gefährlichsten Teil der Strecke, wo die Straße an Steilhängen entlang über Wolken hinweg himmelan führt, wo es dich in den Steigungen an die Rückenlehne presst und bei den Abfahrten vornüberwirft, dass du dich nur mit Mühe vom Lenkrad losreißen kannst; wo das Wetter launisch ist wie ein böses Kamel, wo du sommers wie winters bald mit Hagel, bald mit Regen überschüttet wirst oder wo du in ein solches Schneegestöber gerätst, dass du die

Hand vor Augen nicht siehst. So ein Geselle ist unser Dolon! Aber wir Tienschaner haben uns an ihn gewöhnt und fahren zuweilen sogar nachts hinauf. Ja, jetzt denke ich an all die Schwierigkeiten und Gefahren, aber wenn man dort Tag für Tag arbeitet, kommt man nicht zum Nachdenken.

In einer Schlucht also, kurz vorm Dolonpass, holte ich einen Lastwagen ein. Ich weiß es noch genau, es war ein GAS 51. Eigentlich holte ich ihn gar nicht ein, sondern er stand schon da.

Zwei Männer machten sich am Motor zu schaffen. Der eine stellte sich mitten auf die Straße und hob die Hand. Ich stoppte. Der Mann trat heran, er trug einen triefenden Regenumhang mit Kapuze. Er mochte um die Vierzig sein, hatte einen braunen, militärisch kurz gestutzten Schnurrbart und ein ziemlich finsteres Gesicht. Seine Augen blickten ruhig.

»Nimm mich mit bis zur Straßenmeisterei, Dshigit«, bat er. »Ich muss einen Traktor besorgen, der Motor streikt.«

»Gern. Aber vielleicht fällt uns selbst noch was ein«, schlug ich vor und kletterte vom Sitz.

»Was soll uns schon einfallen, wo er nicht mal schnaubt«, meinte der Fahrer missmutig und klappte die Haube herunter. Der Ärmste war schon ganz blau gefroren. Augenscheinlich war er nicht aus unserer Gegend; wie er sich so hilflos umsah, machte er den Eindruck eines Großstädters. Was tun?, dachte ich. Plötzlich hatte ich einen tollen Einfall. Doch ehe ich etwas sagte, warf ich einen Blick auf den Pass. Der Himmel war trüb, die Wolken hingen niedrig. Trotzdem entschloss ich mich. Es war kein allzu genialer Einfall, aber für mich kam er damals einem gewagten Angriff gleich.

»Sind deine Bremsen in Ordnung?«, fragte ich den Fahrer.

»Du machst mir vielleicht Spaß. Als ob ich ohne Bremsen fahre. Ich sage dir doch, der Motor streikt.«

»Hast du ein Abschleppseil mit?«

»Hm.«

»Los, häng deinen Wagen an.«

Beide starrten mich ungläubig an und rührten sich nicht.

»Du bist ja nicht ganz bei Trost«, meinte der Fahrer nur.

Aber ich hab nun mal solchen Charakter. Ich weiß nicht, ob das gut oder schlecht ist, jedenfalls wenn ich mir was in den Kopf gesetzt hab, dann erreich ich es auch, auf Biegen und Brechen.

»Nun häng deinen Wagen schon an! Ich schlepp dich ab, Ehrenwort!«, bekniete ich den Fahrer.

Doch der winkte ab.

»Lass schon. Weißt du denn nicht, dass man hier niemand ins Schlepp nimmt? Ich denk nicht dran, mich von dir abschleppen zu lassen.«

Ich war so gekränkt, als hätte er mir eine große Bitte abgeschlagen.

»Ach du, ein Esel bist du, ein feiger!«, entfuhr es mir.

Ich wandte mich dem anderen zu, dem Straßenmeister. Dass er der Straßenmeister war, erfuhr ich allerdings erst später. Er sah mich an und sagte zum Fahrer: »Gib das Seil her.«

»Aber Sie tragen die Verantwortung, Baitemirake.«

»Die Verantwortung tragen wir alle«, entgegnete er kurz.

Das gefiel mir. Vor so einem Mann hat man gleich Respekt.

Darauf fuhren wir los. Anfangs ging alles gut. Aber dann, auf dem Dolonpass, führte die Straße an Steilhängen entlang, immer bergan. Der Motor dröhnte und heulte, dass mir die Ohren wehtaten. Das wär doch gelacht, wenn ich aus dir nicht das Letzte herausholte!, dachte ich. Schon früher hatte ich bemerkt, dass, so schwer es sich auch auf der Passstraße fuhr, der Motor immer noch Reserven hatte. Unsere Wagen wurden nie voll beladen, höchstens mit siebzig Prozent der sonst üblichen Norm. Daran freilich dachte ich in diesem Augenblick nicht. In mir bäumte sich eine wilde Kraft auf, es war so etwas wie sportlicher Ehrgeiz: Ich wollte um jeden Preis meinen Kopf durchsetzen und den beiden helfen, ihren Wagen an Ort und Stelle zu bringen. Das war jedoch alles andere als einfach. Der Wagen bebte, als würde er jeden Augenblick bersten, Schneematsch verklebte die Scheiben, die Wischer gingen unentwegt. Wolken kamen angekrochen und schoben sich über die Straße direkt unter die Räder. Neben scharfen Kurven gähnten tiefe Schluchten. Innerlich ärgerte ich mich schon über mich selbst: Eine schöne Suppe hatte ich mir da eingebrockt, sie konnte uns das Leben kosten. Ich war völlig fertig. Alles hatte ich abgelegt, die Mütze, die Steppjacke, das Jackett und den Pullover. Im bloßen Hemd saß ich da und schwitzte wie im Dampfbad. Schließlich war es kein Kinderspiel, den Wagen im Schlepp und dazu noch die eigene Ladung sicher durch alle Klippen zu steuern. Bloß gut, dass Baitemir neben mir auf dem Trittbrett stand und mich und den Fahrer im anderen Wagen dirigierte. Als es die Serpentinen hochging, glaubte ich, er würds nicht aushalten und abspringen. Aber er wich nicht vom Trittbrett. An die Wagentür geklammert, stand er da, wie ein Adler vor dem Flug. Ich schaute ihn an. Sein Gesicht war ruhig, wie aus Stein gemeißelt. Wassertropfen rannen ihm über die Wangen. Bei seinem Anblick wurde mir leichter.

Nur eine große Steigung lag noch vor uns, dann wären wir am Ziel gewesen. Da beugte sich Baitemir zu mir herein.

»Vorsicht! Vor uns ist ein Wagen! Fahr mehr rechts!«

Ich befolgte seinen Rat. Ein Lastwagen kam uns entgegen, es war der von Dshantai. Na, dachte ich, der Ingenieur für Arbeitsschutz rüffelt mich tüchtig ab, denn Dshantai quatscht, da gibts keinen Zweifel. Der Wagen kam näher. Die Hände gegen das Lenkrad gestemmt, sauste Dshantai bergab. Er blickte finster drein. Auf Haaresbreite fuhren wir aneinander vorbei. Dshantai schüttelte missbilligend den Kopf. Hol dich der Teufel, dachte ich, meinetwegen petz, so viel du Lust hast!

Die letzte Steigung war genommen, es ging noch einmal steil bergab, dann folgte ein Stück ebene Straße, danach bogen wir zur Straßenmeisterei ab. Es war geschafft! Ich stellte den Motor ab und hörte plötzlich nichts mehr. Mir war, als wäre ich taub geworden. Oder war die Natur verstummt? Kein Laut. Ich kletterte aus dem Fahrerhaus und setzte mich aufs Trittbrett. Mein Atem ging stoßweise, ich war vollkommen ausgepumpt, zudem war die Luft auf dem Pass sehr dünn gewesen. Baitemir hing mir rasch die Steppjacke um und stülpte mir die Mütze auf. Taumelnd und kreidebleich kam der Fahrer des anderen Wagens heran. Schweigend hockte er sich hin und bot mir Zigaretten an. Ich nahm eine. Meine Hand zitterte. Nachdem wir ein Weilchen geraucht hatten, kamen wir wieder zu uns. Erneut fühlte ich, wie sich die verwünschte wilde Kraft in mir aufbäumte.

»Wie haben wir das gemacht?«, fragte ich siegesbewusst. Dabei schlug ich dem Fahrer so kräftig auf die Schulter, dass er auf den Allerwertesten fiel. Dann sprangen wir alle drei auf, klopften uns gegenseitig auf die Schultern und lachten und lärmten vor Freude.

Schließlich beruhigten wir uns und rauchten jeder noch eine Zigarette. Ich zog meine Sachen an, warf einen Blick auf die Uhr und sagte: »Na, höchste Zeit für mich!«

Baitemir runzelte die Brauen.

»Kommt ja gar nicht infrage, dass du schon aufbrichst, heute bist du unser Gast.«

Ich musste jedoch unbedingt fahren.

»Schönen Dank für die Gastfreundschaft, aber ich kann wirklich nicht länger bleiben. Ich möchte noch auf einen Sprung nach Hause, meine Frau wartet.«

»Willst du wirklich nicht? Wir würden ein Fläschchen zusammen trinken«, redete mir mein neuer Freund, der Fahrer, zu.

»Lass ihn«, fiel ihm Baitemir ins Wort. »Du hörst doch, seine Frau wartet. Wie heißt du eigentlich?«, wandte er sich an mich.

»Iljas.«

»Fahr los, Iljas, und besten Dank, du hast uns mächtig aus der Patsche geholfen.«

Bis zur Straße fuhr Baitemir auf dem Trittbrett mit, dann schüttelte er mir schweigend die Hand und sprang ab.

Als es bereits bergan ging, blickte ich noch einmal zurück. Baitemir stand noch immer auf der Straße. Die Mütze in der Hand, mit gesenktem Kopf, schien er über etwas nachzudenken.

Das war unsere erste Begegnung.

Asselj berichtete ich keine Einzelheiten. Ich erzählte ihr nur, dass ich unterwegs aufgehalten worden war und irgendwelchen Leuten geholfen hatte. Sonst pflegte ich meiner Frau nichts zu verschweigen, meine Tollkühnheit behielt ich jedoch lieber für mich. Sie sorgte sich ohnehin ständig um mich. Abgesehen davon, hatte ich durchaus nicht die Absicht, dieses Stückchen noch einmal zu wiederholen. Ich hatte meine Kräfte mit dem Dolon gemessen, das genügte mir. Ich hätte den ganzen Vorfall schon am nächsten Tag vergessen gehabt, wäre ich nicht auf der Rückfahrt erkrankt. Ich hatte mich erkältet. Mit Mühe und Not kam ich bis nach Hause. Dort legte ich mich sogleich ins Bett. Ich weiß nicht mehr, was mit mir war, jedenfalls fuhr ich in meinen Fieberträumen wieder mit dem Wagen im Schlepp über den Dolon. Der Schneesturm peitschte mein Gesicht, dass es brannte, ich atmete schwer, der Lenker war wie aus Watte und bog sich unter meinen Händen. Vor mir lag die Passstraße. Sie wollte kein Ende nehmen, der Wagen schob sich mit dem Kühler voran in den Himmel, heulend gings höher und höher, dann stürzte ich in einen gähnenden Abgrund. Meine Krankheit hatte den kritischen Punkt erreicht. Nach drei Tagen setzte die Besserung ein, und nach weiteren zwei fühlte ich mich so gut, dass ich aufstehen wollte. Aber Asselj zwang mich, im Bett zu bleiben. Wie ich sie so anschaute, dachte ich bei mir: War ich nun krank oder sie? Ich erkannte sie einfach nicht wieder, so abgehärmt war sie. Sie hatte dunkle Ringe unter den Augen und war nur noch Haut und Knochen. Jeder Windstoß konnte sie umpusten. Zudem musste sie sich noch um das Kind kümmern. Nein, so ging es nicht weiter, ich konnte nicht länger krank spielen. Sie musste sich erholen. Ich stand auf und begann mich anzuziehen.

»Asselj!«, rief ich leise, denn unser Söhnchen schlief, »bitte doch die Nachbarin, auf Samat aufzupassen. Wir gehen ins Kino.«

Sie kam angelaufen, zog mich aufs Bett und schaute mich an, als sähe sie mich zum ersten Mal. Dabei war sie vergeblich bemüht, die Tränen zu unterdrücken. Ihre Lippen bebten. Weinend barg sie das Gesicht an meiner Brust.

»Was hast du denn, Asselj?«, fragte ich hilflos.

»Ich freu mich so, dass du wieder gesund bist.«

»Ich freu mich doch auch, aber warum regst du dich so auf? Ich bin ein bisschen krank gewesen, dafür konnte ich auch bei dir zu Hause sein und mit Samat spielen.« Mein Sohn krabbelte damals schon und machte die ersten Gehversuche, er war im putzigsten Alter. »Ich hätt nichts dagegen, noch mal krank zu werden«, scherzte ich.

»Hör auf! Ich will nichts davon wissen«, fuhr Asselj mich an.

In dem Moment erwachte der Kleine. Sie nahm ihn aus seinem Bettchen und brachte ihn mir. Er war noch schlafwarm. Zu dritt tobten wir im Bett herum, wie ein junger Bär tapste Samat auf uns umher und krabbelte bald hier-, bald dorthin.

»Wie gut es uns geht«, sagte ich, »und was machst du für ein Gesicht? Bald fahren wir zu deinen Eltern in den Ail. Sollen sies nur versuchen, uns nicht zu verzeihen. Wenn sie erst unseren Samat kennenlernen, vergessen sie gewiss alles vor Freude.«

Wir beabsichtigten ernsthaft, in den Ail zu fahren und Asseljs Eltern um Verzeihung zu bitten, wie es in solchen Fällen üblich war. Die beiden Alten waren tief gekränkt. Sie hatten uns durch einen Ailbewohner, der in Naryn zu tun hatte, ausrichten lassen, dass sie der Tochter ihre Handlungsweise nie verzeihen würden und dass sie nichts von uns wissen wollten. Wir hofften dennoch, dass sich mit einem Besuch unsererseits und der Bitte um Verzeihung alles einrenken würde. Ich musste mir jedoch erst Urlaub nehmen und umfangreiche Reisevorbereitungen treffen: Wir mussten unbedingt für alle Verwandten Geschenke kaufen, ich wollte nicht mit leeren Händen kommen.

Inzwischen war es Winter geworden. Im Tienschan ist der Winter grimmig und schneereich. Häufig gehen an den Hängen Lawinen nieder. Für uns Fahrer ist das eine schwere Zeit, noch schwerer ist es allerdings für die Arbeiter der Straßenmeisterei, die dann gewöhnlich zum Räumen der Straßen eingesetzt werden. Dort, wo Lawinengefahr besteht, werden die Schneewechten gesprengt und wird die Straße frei gemacht. Jener Winter war freilich ziemlich mild, vielleicht achtete ich auch nicht auf das Wetter, hatte ich doch genug Arbeit. Zudem bekamen wir noch einen zusätzlichen Arbeitsauftrag, vielmehr, wir Fahrer erboten uns selbst, ihn zu erfüllen, und ich war der Erste. Ich bereue es auch jetzt nicht, aber damit begann mein Unglück.

Das war so:

Eines Abends kehrte ich in den Wagenpark zurück. Asselj hatte mir ein Päckchen für Alibek Dshanturins Frau mitgegeben. Ich bog zu ihrem Haus ab, hupte, und Alibeks Frau kam heraus. Sie erzählte mir, dass die chinesischen Arbeiter ein Telegramm geschickt hätten, sie bäten, die Ausrüstung für ein großes Werk schneller als geplant zu liefern.

»Wo ist denn Alibek?«, erkundigte ich mich.

»Auf dem Güterbahnhof natürlich, alle sind

schon dort. Die Waggons sollen bereits angekommen sein.«

Ich fuhr hin. Der Güterbahnhof lag in einer Schlucht, die sich zum See hin öffnete. Die Bahnlinie endete hier. Ringsum herrschte unruhiges Dämmerlicht. Ein heftiger Wind rüttelte an den Laternen und trieb den Schnee über die Schwellen. Loks rangierten. Über einem Abstellgleis pendelte der Ausleger eines Krans hin und her und lud eisenbeschlagene Kisten aus den Waggons, Transitfracht für die Maschinenfabrik in Sinsiang. Das war eine Großbaustelle, für die wir schon Ausrüstungen transportiert hatten.

Am Bahnhof standen viele Lastwagen, alle unbeladen. Es hatte den Anschein, als warte man noch auf etwas. Die Fahrer saßen auf den Sitzen und Trittbrettern, manche standen an die Kisten gelehnt da und suchten Schutz vor dem Wind. Mein Gruß wurde kaum erwidert. Die meisten schwiegen und pafften. Da erblickte ich Alibek. Ich ging auf ihn zu.

»Was ist los? Ein Telegramm soll gekommen sein?«

»Ja, Sie wollen das Werk vorfristig in Betrieb nehmen.«

»Na, und was wird nun?«

»Das hängt nur von uns ab. Du siehst doch die Kisten, und es kommen noch mehr. Wie sollen wir das bloß alles schaffen! Dabei warten die Leute, verlassen sich auf uns! Für sie ist jeder Tag wichtig!«

»Warum sagst du das ausgerechnet mir? Was hab ich damit zu tun?«

»Du fragst, was du damit zu tun hast! Lebst du auf dem Mond? Oder kapierst du nicht, was jetzt von uns abhängt?«

»Du bist ja übergeschnappt!« Ich ließ ihn stehen.

Derweil war auch Amandsholow, der Chef unseres Parks, eingetroffen. Er ließ sich von einem der Fahrer Feuer geben, wobei er die Flamme mit der Hand vor dem Wind schützte. Dann wandte er sich an uns.

»Also, Genossen, ich rufe im Ministerium an, vielleicht schickt man uns Wagen zur Unterstützung, aber das ist fraglich. Wie wir das allein schaffen sollen, weiß ich selber noch nicht.«

»Tja, das ist wirklich nicht einfach, Genosse Amandsholow«, ließ sich eine Stimme aus der Menge vernehmen. »Von den Riesenkisten gehen nicht mehr als zwei oder drei auf den Wagen. Selbst wenn wir Tag und Nacht fahren, reicht das bis zum Frühjahr.«

»Das ist es ja gerade«, antwortete Amandsholow. »Aber gemacht muss es werden. Na, jetzt ab nach Hause, vielleicht fällt uns noch etwas ein!«

Er setzte sich in seinen Jeep und sauste davon. Von den Fahrern machte keiner Anstalten loszufahren. In der Dunkelheit kam aus einer Ecke eine Bassstimme: »Hat sich was! Aus einem Schafpelz kann man schließlich nicht zwei Mäntel nähen! Daran hätte man früher denken sollen!« Damit erhob sich der Bass, trat seine Zigarette aus und ging zu seinem Wagen.

Ein anderer pflichtete ihm bei. »Typisch«, sagte er, »wenn ihnen das Wasser bis zum Halse steht, kommen sie zu uns Fahrern, damit wir die Karre aus dem Dreck ziehen.«

Ein paar Stimmen widersprachen heftig. »Hier gehts um ein Bruderland, und du, Ismail, schwatzt wie ein altes Basarweib!«

Ich mischte mich nicht ein. Aber plötzlich fiel mir ein, wie ich auf dem Pass den Wagen abgeschleppt hatte, und sogleich war ich Feuer und Flamme, wie üblich.

»Was gibts denn da viel nachzudenken?« Ich stürzte vor. »Wir müssen mit Anhänger fahren.«

Keiner rührte sich. Die meisten schenkten mir nicht mal einen Blick. So konnte nur ein hoffnungsloser Dummkopf daherreden.

Dshantai pfiff durch die Zähne.

»Habt ihr das gehört!« Ich erkannte seine Stimme. Ich sah mich um und wollte gerade von dem Vorfall auf dem Pass erzählen, als sich ein baumlanger Kerl erhob, seine Handschuhe dem Fahrer neben sich zuwarf, auf mich zutrat, mich beim Schlafittchen packte und mich dicht zu sich heranzog, sodass wir beinahe mit den Nasen zusammenstießen.

»Na, hauch mich mal an!« Ich tat es.

»Er ist nüchtern!«, stellte der Riese verblüfft fest.

»Also ein Esel«, ergänzte sein Freund; beide gingen zu ihren Wagen und fuhren los. Auch die Übrigen erhoben sich schweigend und schickten sich an abzufahren. Noch nie war ich so verspottet worden. Mir schien, dass sogar meine Mütze rot wurde.

»Halt! Wo wollt ihr hin!«, rief ich den Männern nach. »Ich rede ganz im Ernst. Es geht mit Anhänger.«

Einer der Aksakale trat auf mich zu und sagte mitleidig: »Als ich hier als Fahrer angefangen habe, bist du noch ohne Hosen rumgelaufen, mein Junge. Der Tienschan ist kein Tanzboden. Du tust mir leid, mach dich doch nicht zum Gespött der Leute.«

Mit spöttischen Mienen gingen die Fahrer auseinander. Da schrie ich über den ganzen Bahnhof: »Alte Weiber seid ihr, aber keine Fahrer!«

Das war leichtsinnig. Sofort fielen alle über mich her.

»Was fällt dir ein! Willst du fremde Leben aufs Spiel setzen?«

»Ein Neuerer! Will sich eine Prämie verdienen!« Das war Dshantai.

Die Stimmen klangen wirr durcheinander, ich wurde an die Kisten gedrängt. Ich dachte, sie würden mich ihre Fäuste spüren lassen, und packte auf alle Fälle eine am Boden liegende Latte.

»Platz da! Auseinander!«, rief jemand dazwischen und arbeitete sich zu mir durch. Es war Alibek.

»Ruhe!«, donnerte er. »So, Iljas, jetzt kannst du reden. Aber bitte rasch und vernünftig.«

»Was gibts da zu reden!«, antwortete ich, nach Luft schnappend. »Alle Knöpfe haben sie mir abgerissen. Ich habe kürzlich auf dem Pass einen voll beladenen Wagen zur Straßenmeisterei abgeschleppt. Das wär alles.«

Sie schwiegen misstrauisch.

»Na, und hast du ihn auch hingebracht?«, fragte jemand ungläubig.

»Ja. Über den ganzen Dolon, bis hin.«

»Allerhand!«, meinte jemand erstaunt.

»Der spinnt ja!«, widersprach ein anderer.

»Du spinnst auch! Dshantai hat es selbst gesehen. He, Dshantai, wo steckst du? Sag es ihnen. Du weißt doch noch, wie wir uns getroffen haben.«

Doch von Dshantai keine Spur. Er war wie vom Erdboden verschluckt. Aber das war jetzt schon nebensächlich, denn ein heftiger Streit war ausgebrochen, in dem einige sich bereits auf meine Seite schlugen. Da machte ein Zweifler sogleich alles wieder zunichte.

»Wozu denn Zeit verlieren mit dem Geschwafel!«, äußerte er finster. »Da ist einmal etwas gut gegangen, es kommt ja so manches vor, aber das ist doch noch kein Beweis, dass es immer geht. Schließlich sind wir keine kleinen Kinder. Auf unserer Strecke ist das Fahren mit Anhängern verboten, und dieses Verbot wird auch niemand aufheben. Versuchs doch, sags dem Ingenieur für Arbeitsschutz! Der verpasst dir eine solche Zigarre, dass du dein Lebtag dran rauchen kannst. Der wird euretwegen nicht ins Kittchen wandern wollen. Schreibt euch das hinter die Ohren!«

»Hör auf!«, widersprach ein anderer. »Was heißt denn verboten! Nimm Iwan Steppanowitsch, der ist 1930 als Erster mit einem Anderthalbtonner über den Pass gefahren. Ihm hats auch keiner erlaubt, er hats auf eigene Faust getan, und er lebt heute noch!«

»Stimmt«, bestätigte Iwan Steppanowitsch. »Aber dennoch hab ich meine Zweifel. Hier ist nicht mal im Sommer jemand mit Anhänger gefahren, und jetzt ist Winter.«

Alibek, der die ganze Zeit geschwiegen hatte, machte den Streitereien ein Ende. »Genug jetzt! Es ist zwar eine riskante Sache, aber man muss es sich durch den Kopf gehen lassen. Bloß nicht so, wie du dir das denkst, Iljas, ruck, zuck, her mit dem Anhänger, und los. Das muss gut vorbereitet und durchdacht sein, wir werden uns beraten lassen und eine Probefahrt machen. Mit Worten allein beweist du nichts.«

»Ich beweise es«, beharrte ich. »Während ihr hier herumratet, beweise ich es! Vielleicht glaubt ihr mir dann!«

Jeder Mensch hat seinen Charakter. Man muss sich beherrschen können, aber das gelingt nicht immer. Ich saß am Lenker und spürte weder den Wagen noch die Straße. In mir waren Schmerz, Bitternis, Kränkung und Ärger. Je länger ich darüber nachdachte, desto mehr quälte mich mein Ehrgeiz. Ich werd es euch schon beweisen. Ich zeig euch, was es heißt, einem Menschen nicht zu glauben und ihn zu verspotten, ich zeig euch, was ihr für Feiglinge seid! Alibek war auch gut: Durchdenken, vorbereiten, erproben wollte er! Er war klug und umsichtig. Aber ich pfiff darauf. Ich würde es ohne viel Gefackel machen und alle in den Sack stecken.

Ich stellte den Wagen in der Garage ab und machte mich noch lange an ihm zu schaffen. Dabei fühlte ich mich zum Zerreißen gespannt. Nur ein Gedanke bohrte in mir: mit Anhänger über den Pass fahren. Unbedingt! Aber wer würde mir einen Anhänger geben?

Mit diesem Gedanken beschäftigt, trottete ich über den Hof. Es war schon spät. Nur in der Fahrdienstleitung brannte noch Licht. Ich blieb stehen: die Fahrdienstleiterin! Sie konnte mir helfen. Anscheinend hatte Kaditscha heute Dienst. Umso besser! Sie würde es mir nicht abschlagen. Sie durfte es nicht abschlagen! Schließlich wollte ich kein Verbrechen begehen, im Gegenteil, sie würde mir helfen, eine Tat zu vollbringen, die für alle von Nutzen war.

Als ich auf die Fahrdienstleitung zuging, ertappte ich mich bei dem Gedanken, dass ich schon lange nicht mehr durch diese Tür getreten war wie früher, sondern nur noch durch den Schalter verhandelte. Ich zögerte einen Augenblick. Da öffnete sich die Tür. Kaditscha stand auf der Schwelle.

»Zu dir möchte ich, Kaditscha. Gut, dass ich dich treffe.«

»Ich hab jetzt Feierabend.«

»Dann begleite ich dich eben nach Hause.«

Kaditscha hob erstaunt die Brauen, sah mich argwöhnisch an und meinte dann lächelnd: »Gern.«

Wir verließen den Wagenpark. Es war schon dunkel. Vom See her vernahm man das Plätschern des Wassers, es wehte ein kalter Wind. Kaditscha nahm meinen Arm und suchte, sich anschmiegend, vor dem Wind Schutz.

»Frierst du?«, fragte ich.

»Mit dir nicht«, scherzte sie.

Eben noch war ich schrecklich aufgeregt gewesen, jetzt hatte ich mich beruhigt.

»Wann hast du morgen Dienst, Kaditscha?«

»In der zweiten Schicht. Warum?«

»Ich hab da eine sehr wichtige Sache. Alles hängt von dir ab.«

Anfangs wollte sie nichts von meinem Vorschlag wissen, aber ich ließ nicht locker. An der Ecke blieben wir stehen.

»Ach, Iljas«, Kaditscha sah mich besorgt an, »das ist doch Wahnsinn!«

Doch ich wusste schon, dass sie meine Bitte erfüllen würde. Ich nahm ihre Hand. »Du musst mir vertrauen! Die Sache wird schon klappen. Na, abgemacht?«

Unwillkürlich umarmte ich sie.

»Von Rechts wegen müsstest du als Mann geboren sein, Kaditscha! Also, bis morgen!« Ich schüttelte ihr die Hand. »Zum Abend bereitest du mir alle Papiere vor, ja?«

»Warum denn so eilig?«, sagte sie, ohne meine Hand loszulassen. Dann drehte sie sich brüsk um. »Na, geh schon! Willst du ins Ledigenheim?«

»Ja, Kaditscha.«

»Gute Nacht!«

Am nächsten Tag fand bei uns eine technische Überprüfung der Wagen statt. Die Fahrer waren nervös. Ewig kamen diese Inspektoren zur ungelegensten Zeit, ewig hatten sie was zu beanstanden und nahmen was zu Protokoll. Nichts als Scherereien hatte man mit ihnen. Aber die Inspektoren ließen sich nicht aus der Ruhe bringen.

Wegen meines Wagens machte ich mir keine Sorgen, der war in Ordnung. Dennoch hielt ich mich in einiger Entfernung und tat, als repariere ich etwas. Ich wollte Zeit gewinnen, bis Kaditscha ihren Dienst antrat. Niemand sprach mich auf den gestrigen Vorfall hin an. Die Kumpel hatten anderes im Kopf, sie wollten die technische Überprüfung möglichst rasch hinter sich bringen und losfahren, um die verlorene Zeit wieder einzuholen. In mir bohrte immer noch die Kränkung.

Mein Wagen kam am Nachmittag dran. Als die Inspektoren fort waren, wurde es still und leer. Hinten im Hof unter freiem Himmel standen die Anhänger. Sie wurden zuweilen auf ebenen Strecken für den inländischen Gütertransport benutzt. Meine Wahl fiel auf einen ganz gewöhnlichen, einen Kasten auf vier Rädern. Aber wie viel Aufregungen sollte mich dieses Ding kosten … Damals wusste ich noch nicht, was mich erwartete. Ruhig ging ich ins Ledigenheim, um ein reichhaltiges Mittagessen zu mir zu nehmen und ein Nickerchen zu machen, stand mir doch eine schwierige Fahrt bevor. Aber ich fand keinen Schlaf und wälzte mich hin und her. Als es zu dämmern begann, kehrte ich in den Wagenpark zurück.

Kaditscha war schon da. Alles war bereit. Ich nahm den Fahrbefehl und eilte zu meinem Wagen. Jetzt werd ichs euch beweisen! Ich fuhr den Wagen aus der Garage, machte den Anhänger fest, drosselte den Motor, stieg aus und hielt Umschau. Nirgends eine Menschenseele. Nur das Summen der Werkbänke in der Reparaturwerkstatt und das Plätschern des Sees waren zu hören. Der Himmel schien wolkenlos, noch war kein Stern zu sehen. Neben mir tuckerte leise der Motor, und mein Herz klopfte im gleichen Takt. Ich wollte mir eine Zigarette anzünden, warf sie dann aber weg, das hatte Zeit bis nachher.

Am Tor hielt mich der Pförtner an.

»Halt! Wohin?«

»Zum Ladeplatz, Aksakal«, erwiderte ich betont gleichgültig. »Hier der Passierschein für die Ausfahrt.«

Der Alte steckte die Nase in das Papier, schien es aber bei der Laternenbeleuchtung nicht entziffern zu können.

»Halt mich doch nicht auf, Aksakal.« Ich wurde ungeduldig. »Die Arbeit drängt.«

Auf dem Ladeplatz verlief alles reibungslos. Die volle Norm wurde geladen. Zu meiner Verwunderung sagte niemand einen Ton. Erst als ich die Straße erreicht hatte, zündete ich mir eine Zigarette an. Dann setzte ich mich bequem zurecht, schaltete die Scheinwerfer ein und gab Gas. Das Dunkel um mich her geriet ins Wanken. Die Straße war frei, nichts hinderte mich daran, mit Höchstgeschwindigkeit zu fahren. Leicht sauste der Wagen dahin, ich spürte fast nichts von dem rumpelnden Anhänger. Freilich, in den Kurven trug es mich ein wenig aus der Mitte der Fahrbahn, und es kostete einige Anstrengung, den Wagen wieder in Fahrbahnmitte zu bringen. Ich schob das darauf, dass ich das Fahren mit Anhänger einfach nicht gewohnt war. Ich bezwing dich schon, Dolon! Sinsiang wird erreicht!, feuerte ich mich an und beugte mich über das Lenkrad wie ein Reiter über die Mähne seines Pferdes. Solange die Straße eben war, wollte ich Zeit herausfahren. Ich rechnete, gegen Mitternacht zum Sturm auf den Dolon anzusetzen.

Eine Weile fuhr ich sogar schneller, als ich vorausberechnet hatte. Doch als die Berge begannen, musste ich vorsichtiger sein. Der Motor hätte die Belastung zwar ausgehalten, die Abfahrten hielten mich aber mehr auf als die Steigungen, begann doch der Anhänger, sobald es bergab ging, zu schlingern und den Wagen zu schieben, kurz, er verhinderte eine gleichmäßige Abfahrt. Andauernd musste ich schalten, bremsen und manövrieren. Anfangs bemühte ich mich hartnäckig, es nicht zu bemerken, aber je länger ich fuhr, desto mehr begann es mich zu beunruhigen. Wie viel Steigungen und Abfahrten mochte die Strecke haben? Niemand hatte gezählt. Trotzdem ließ ich den Mut nicht sinken. Was konnte mir schon passieren, ich war nur überanstrengt. Macht nichts, redete ich mir gut zu, vor dem Pass legst du eine Ruhepause ein. Du wirst es schon schaffen! Ich begriff nicht, warum es mir jetzt viel schwerer fiel als damals im Herbst, als ich den Wagen abgeschleppt hatte.

Der Dolon kam immer näher. Die Scheinwerferkegel glitten über die dunkle Felsmasse, von der schneebemützte Brocken über die Straße hingen. Dicke Flocken schwebten hernieder. Die hat wohl der Wind heruntergeweht, dachte ich. Doch die Flocken klebten an den Scheiben fest und krochen langsam an ihnen hinab. Es schneite also. Der Schnee fiel nicht sonderlich dicht, war aber sehr nass. Das hat mir gerade noch gefehlt!, fluchte ich. Ich schaltete die Scheibenwischer ein.

Dann kamen die ersten Steilen des Passes. Der Motor begann sein vertrautes Lied. Sein monotones, angestrengtes Heulen kroch in der Dunkelheit über die Straße. Endlich war die Höhe erreicht. Jetzt hatte ich eine lange Abfahrt vor mir. Der Motor brummte, es ging bergab. Sogleich begann der Wagen zu schleudern. Im Rücken spürte ich, dass der Anhänger einen wilden Tanz vollführte und auf den Wagen auflief, ich hörte, wie die Anhängerkupplung knirschte und quietschte. Das Quietschen jagte mir kalte Schauer über den Rücken und rief einen dumpfen Schmerz in den Armen hervor. Die Räder gehorchten den Bremsen nicht und kamen auf dem nassen Schnee ins Rutschen. Der Wagen erbebte, dass mir das Steuer entglitt, und stellte sich quer über die Straße. Ich riss den Lenker herum und stoppte. Meine Kräfte versagten, ich konnte nicht weiter. Ich schaltete die Scheinwerfer aus und stellte den Motor ab. Meine Hände waren fühllos wie Prothesen. Ich lehnte mich zurück und hörte mein stoßweises Atmen. So saß ich minutenlang, bis mein Atem ruhiger ging, dann zündete ich mir eine Zigarette an. Ringsum Finsternis und unheimliche Stille. Nur der Wind pfiff aus den Ritzen des Fahrerhauses. Ich wagte nicht, an das zu denken, war mir bevorstand. Von hier an ging es, an Steilhängen entlang, in Serpentinen bergan. Das endlose Zickzackfahren war stets eine Qual für den Motor und die das Lenkrad umklammernden Hände. Doch es gab kein Zurück mehr. Inzwischen fiel der Schnee immer dichter.

Ich ließ den Motor an. Heulend kroch der Wagen bergauf. Ich biss die Zähne zusammen und nahm die Serpentinen eine nach der anderen, ohne Atempause. Auf die Serpentinen folgte eine steile Abfahrt, dann ebene Straße bis zu der Biegung, wo der Weg zur Straßenmeisterei abbog, und dann die letzte schwierige Passhöhe. Die Abfahrt war mühselig. Die vier Kilometer ebene Strecke jagte ich mit Höchstgeschwindigkeit dahin und ging in voller Fahrt in die Steigung. Es ging bergan, immer bergan. Doch der Schwung reichte nicht lange. Die Geschwindigkeit nahm bedrohlich ab, ich schaltete zunächst auf den zweiten Gang zurück, dann auf den ersten. An die Rückenlehne gepresst, klammerte ich mich ans Lenkrad. Zwischen den Wolken leuchteten die Sterne. Plötzlich ging es nicht mehr weiter. Die Räder mahlten auf der Stelle und rutschten zur Seite weg. Ich trat das Gaspedal durch, so weit es ging.

»Na, los doch! Ein bisschen noch! Halt durch!«, brüllte ich mit mir selbst fremder Stimme.

Das lang gezogene Stöhnen des Motors ging plötzlich in klirrendes Beben über und brach dann ab. Langsam rollte der Wagen rückwärts den Berg hinunter. Selbst die Bremsen halfen nicht mehr. Unter dem Gewicht des Anhängers rollte er immer rascher bergab, bis er plötzlich mit einem Ruck stehen blieb, er war gegen einen Felsen gefahren. Es wurde ganz still. Ich öffnete den Schlag und sah hinaus. Tatsächlich! Verdammt! Der Anhänger saß im Straßengraben. Jetzt war er nicht mehr herauszukriegen! Völlig verzweifelt ließ ich den Motor wieder an und versuchte den Anhänger herauszuziehen. Die Räder drehten sich wie wild, der Wagen bebte, aber er rührte sich nicht vom Fleck. Ich sprang hinaus und rannte zum Anhänger. Seine Räder hatten sich tief in den Straßengraben gewühlt. Was tun? Rasend vor Wut, stemmte ich mich mit aller Kraft gegen die Räder. Danach versuchte ich, den Anhänger mit der Schulter hochzustemmen: Ich brüllte wie ein Tier, spannte alle Muskeln bis zum Äußersten an, dass mir der Kopf zu platzen drohte, aber vergeblich. Völlig entkräftet stürzte ich lang hin, grub die Hände in Schnee und Dreck und weinte vor Zorn. Dann erhob ich mich, taumelte zum Wagen und sank aufs Trittbrett.

Von fern näherte sich Motorgeräusch. Zwei Lichter kamen den Berg herab. Ich weiß nicht, wer der Fahrer war und wohin es ihn zu nachtschlafender Zeit trieb, aber ich erschrak, als müssten diese Lichter mich erwischen und einfangen. Wie ein Dieb stahl ich mich zum Anhänger, löste die Kupplung, legte die Gabel auf die Erde, schwang mich ins Fahrerhaus und raste die Steigung hinan. Den Anhänger ließ ich im Straßengraben.

Unbegreifliche, panische Angst verfolgte mich. Immerfort schien mir, dass der Anhänger mir auf den Fersen sei und mich jeden Augenblick einholen würde. In rasendem Tempo jagte ich die Straße entlang und verunglückte wohl nur deshalb nicht, weil ich die Strecke in- und auswendig kannte.

Gegen Morgen erreichte ich den Umschlagpunkt. Ohne mir Rechenschaft abzulegen, hämmerte ich wie ein Irrsinniger gegen meine Haustür. Als sie sich öffnete, trat ich, schmutztriefend, wie ich war, ins Haus, ohne Asselj auch nur eines Blickes zu würdigen. Keuchend ließ ich mich auf etwas Feuchtem nieder. Es war ein Haufen frisch gewaschener Wäsche auf einem Schemel. Ich griff in die Tasche nach Zigaretten. Dabei geriet mir der Zündschlüssel in die Hand. Ich schmiss ihn an die Wand, dann sackte ich zusammen und blieb reglos sitzen, dreckig und zerschlagen.

Asselj lief aufgeregt und unruhig hin und her.

Aber was konnte ich ihr sagen? Sie hob den Schlüssel auf und legte ihn auf den Tisch.

»Willst du dich waschen? Ich habe seit gestern Abend warmes Wasser für dich bereitstehen«, sagte sie halblaut.

Langsam hob ich den Kopf. Verfroren stand sie vor mir, bloß im Hemd, die schmalen Hände an die Brust gepresst. Ihre erschrockenen Augen sahen mich besorgt und teilnahmsvoll an.

»Den Anhänger hab ich auf dem Pass in den Graben gefahren.« Meine Stimme war fremd und tonlos.

»Was für einen Anhänger?« Sie begriff nicht gleich.

»Aus Eisenblech, grün gestrichen, mit der Kennnummer 02-38! Ist doch egal, was für einer!«, schrie ich gereizt. »Gestohlen hab ich ihn, verstehst du? Gestohlen!«

Asselj stieß einen leisen Schreckensschrei aus und setzte sich aufs Bett.

»Und warum?«

»Was heißt, warum!« Ihre Frage brachte mich noch mehr in Wut. »Ich wollte mit Anhänger über den Pass fahren. Klar? Ich wollte beweisen, dass ich recht hab, und hab mich blamiert!«

Ich barg das Gesicht in den Händen. Eine Weile schwiegen wir beide. Dann stand Asselj plötzlich entschlossen auf und begann sich anzuziehen.

»Was sitzt du denn noch herum?«, fragte sie streng.

»Und was soll ich tun?«, murmelte ich.

»Fahr in den Wagenpark.«

»Wie denn, ohne Anhänger?«

»Dort erklärst du alles.«

»Du bist wohl nicht recht bei Trost!«, explodierte ich und rannte aufgeregt im Zimmer umher. »Wie soll ich mich dort ohne Anhänger sehen lassen? Entschuldigt bitte, verzeiht, ich hab einen Fehler begangen! Kniefällig um Vergebung bitten? Kommt nicht infrage! Sollen sie machen, was sie wollen. Ich spuck drauf!«

Mein Schreien weckte unseren kleinen Sohn. Er begann zu weinen. Asselj nahm ihn auf den Arm, aber er weinte nur noch lauter.

»Ein Feigling bist du«, sagte Asselj plötzlich leise, aber fest.

»Wa-as?« Ich wusste nicht, was ich tat, und stürzte mit erhobenen Fäusten auf sie los, wagte jedoch nicht zuzuschlagen. Ihre weitgeöffneten, fassungslosen Augen hielten mich zurück. In ihren Pupillen erblickte ich mein verzerrtes Gesicht. Grob stieß ich sie beiseite, ging hinaus und knallte die Tür hinter mir zu.

Draußen war es schon hell. Bei Tageslicht erschienen mir die Ereignisse vom Vortag in noch schwärzeren Farben. Das war nicht wiedergutzumachen. Vorerst sah ich nur einen Ausweg: wenigstens die Ladung, die ich auf dem Wagen hatte, nach Sinsiang zu bringen. Wie es weitergehen sollte, wusste ich nicht.

Auf dem Rückweg machte ich keinen Abstecher nach Hause. Nicht etwa, weil ich mich mit Asselj gestritten hatte, sondern weil ich niemand sehen und von niemand gesehen werden wollte. Ich weiß nicht, wie es anderen Menschen in solchen Fällen geht, mir ist es jedenfalls ein Bedürfnis, mit meinem Leid allein zu sein. Wen geht es schließlich etwas an? Steh es durch, wenn du kannst, und gedulde dich, bis es vergeht.

Unterwegs übernachtete ich in einem Gasthof. Meine Träume waren ein einziger Alpdruck. Mir träumte, ich suchte den Anhänger auf dem Pass. Ich sah die Spuren, aber keinen Anhänger, rannte hin und her und fragte die Vorüberfahrenden, wer ihn wohl verschleppt haben könnte.

Als ich am Morgen an den Unglücksort kam, war der Anhänger tatsächlich nicht mehr da. Später erfuhr ich, dass Alibek ihn zum Wagenpark abgeschleppt hatte.

Gleich nach ihm kehrte auch ich in den Wagenpark zurück. Aus dem Spiegel schaute mich ein abgemagertes Gesicht mit flackernden Augen an. Ich erkannte mich nicht wieder.

Im Wagenpark war alles wie sonst. Nur ich rollte unsicher, wie ein Fremder, durchs Tor, fuhr über den Hof und hielt in der äußersten Ecke, möglichst weit von der Garage. Zunächst blieb ich noch im Wagen sitzen und sah mich um. Viele Augen waren auf mich gerichtet. Ach, jetzt Gas geben und wegfahren, egal, wohin! Aber mir blieb nichts übrig, als auszusteigen.

Ich riss mich zusammen und ging über den Hof zur Fahrdienstleitung. Dabei gab ich mir Mühe, ruhig zu erscheinen, in Wirklichkeit aber war es ein Spießrutenlauf. Ich spürte die finsteren Blicke im Nacken. Kein freundschaftlicher Zuruf, kein Gruß, nichts. Ich an ihrer Stelle hätte wohl kaum anders gehandelt.

Ich stolperte über die Schwelle. Mir war, als stolpere auch mein Herz: Ich hatte ja Kaditscha ganz vergessen, in was für eine Lage hatte ich sie gebracht!

Im Flur leuchtete mir ein Plakat entgegen: »Schande« stand in großen Buchstaben obendrüber, und darunter war ein Anhänger gemalt, der verloren auf dem Pass stand. Ich wandte mich ab. Mein Gesicht brannte, als wäre ich geohrfeigt worden. Ich betrat die Fahrdienstleitung. Kaditscha telefonierte gerade. Als sie mich erblickte, legte sie den Hörer auf.

»Da!« Damit fledderte ich den unglückseligen Fahrbefehl auf den Tisch.

Kaditscha sah mich mitleidig an. Wenn sie mich bloß nicht anschreit oder gar losheult, dachte ich. Später, bloß jetzt nicht!, flehte ich sie in Gedanken an, und sie verstand mich und sagte kein Wort.

»Hats Theater gegeben?«, fragte ich leise.

Sie nickte.

»Halb so schlimm!«, murmelte ich zwischen den Zähnen, um sie zu beruhigen.

»Du bist von der Tour abgesetzt«, sagte sie.

»Was? Für immer?« Ich lächelte schief.

»Sie wollten dich für ständig in die Reparaturbrigade versetzen, aber die Kumpel sind für dich eingetreten. Vorerst sollst du Inlandstrecken fahren. Geh zum Chef, er will dich sprechen.«

»Ich denk nicht dran! Sollen sie ohne mich entscheiden. Mir ists egal.«

Ich verließ den Raum und trottete niedergeschlagen den Gang entlang. Jemand kam mir entgegen. Ich wollte mich vorbeidrücken, doch Alibek stellte sich mir in den Weg.

»Hiergeblieben!« Er drängte mich in eine Ecke. Auge in Auge mit mir, zischte er böse: »Na, was hast du nun bewiesen, du Held? Bewiesen hast du höchstens, dass du eine Kanaille bist!«

»Aber ich wollte doch das Beste«, brummte ich.

»Du lügst! Allein wolltest du Lorbeeren einheimsen. Nur an dich hast du gedacht und damit eine gute Sache zum Scheitern gebracht. Jetzt beweis mal, dass man mit Anhänger fahren kann! Kamel, du! Knallprotz!«

Einen anderen hätten diese Worte vielleicht zur Vernunft gebracht, aber mir war jetzt schon alles egal. Ich begriff nichts, sondern hörte nur die Kränkung heraus. Ich – ein Knallprotz, der nur Lorbeeren und Ruhm einheimsen wollte? Das war gelogen!

»Lass mich in Ruh! Mir ist ohnehin kotzübel.« Ich schob Alibek beiseite.

Dann trat ich aus dem Haus. Ein kalter, durchdringender Wind trieb Schnee über den Hof. Schweigend gingen die Fahrer an mir vorüber und warfen mir schiefe Blicke zu. Was tun? Ich vergrub die Fäuste in den Hosentaschen und schritt zum Ausgang. Das auf den Pfützen gefrorene Eis krachte unter meinen Füßen. Ich stolperte über eine leere Fettbüchse und gab ihr einen Tritt, dass sie bis auf die Straße flog.

Den ganzen Tag streifte ich ziellos durch die Stadt und bummelte an der verödeten Anlegestelle herum. Auf dem Issyk-Kul stürmte es, die vertäuten Lastkähne tanzten auf den Wellen.

Später setzte ich mich in eine Teestube. Ich bestellte eine Halbliterflasche Wodka und einen Imbiss. Schon nach dem ersten Glas blickte ich stumpfsinnig zu Boden.

»Was lässt du den Kopf hängen, Dshigit?«, vernahm ich plötzlich eine freundliche, leicht spöttische Stimme. Mühsam sah ich hoch. Kaditscha.

»Na, allein macht das Trinken wohl keinen Spaß?« Lächelnd nahm sie an meinem Tisch Platz. »Ich trink gern ein Gläschen mit.«

Kaditscha goss den Wodka ein und schob mir ein

Glas hin. »Nimm«, sagte sie und zwinkerte mir übermütig zu, als wären wir lediglich hergekommen, um etwas zu trinken.

»Worüber freust du dich denn so?«, fragte ich missmutig.

»Wozu Trübsal blasen? Mit dir zusammen macht mir das alles nichts aus, Iljas! Ich habe gedacht, du wärst aus härterem Holz. Na, wir lassen uns schon nicht unterkriegen!« Sie lachte leise, rückte näher zu mir und stieß mit mir an, wobei sie mich mit ihren dunklen Augen zärtlich anschaute. Wir leerten die Gläser. Ich zündete mir eine Zigarette an und fühlte mich ein wenig erleichtert. Zum ersten Mal an diesem Tag gelang mir ein Lächeln.

»Bist ein feiner Kerl, Kaditscha«, sagte ich.

Dann traten wir auf die Straße hinaus. Es war schon dunkel. Ein wilder, vom See herkommender Wind rüttelte an Bäumen und Laternenpfählen. Unter meinen Füßen wankte der Boden. Kaditscha hatte meinen Arm genommen und führte mich. Fürsorglich hatte sie mir den Mantelkragen hochgeschlagen.

»Ich hab dich mächtig reingelegt, Kaditscha«, murmelte ich in einem Gefühl von Schuld und Dankbarkeit. »Aber damit dus weißt, auf dich lass ich nichts kommen. Die Verantwortung trag allein ich.«

»Denk nicht mehr dran, Liebster«, antwortete sie.

»Was bist du doch für ein unruhiger Geist. Immer musst du dir was Besonderes ausdenken, aber ich habe Angst um dich. Früher war ich selber so, doch man kann nicht immer mit dem Kopf durch die Wand. Nimm, was dir das Leben gibt. Wozu das Schicksal herausfordern?«

»Das kommt darauf an, wie mans auffasst«, widersprach ich, fügte jedoch nach einigem Nachdenken hinzu: »Vielleicht hast du wirklich recht.«

Derweil waren wir vor Kaditschas Haus angekommen. Sie lebte bereits lange allein. Von ihrem Mann hatte sie sich getrennt.

»So, ich wär zu Hause«, sagte sie.

Ich zögerte. Irgendetwas verband uns schon. Außerdem hatte ich keine Lust, ins Ledigenheim zu gehen. Wahrheit ist zwar gut, aber zuweilen ist die so bitter, dass man sich unwillkürlich vor ihr verstecken möchte.

»Woran denkst du, Liebster?«, fragte Kaditscha. »Müde? Oder denkst du an den weiten Weg?«

»Nein, ich komm schon hin. Bis bald.«

Sie ergriff meine Hand.

»Ganz kalt! Warte, ich wärm sie.« Damit schob sie meine Hand unter ihren Mantel und presste sie an ihre Brust. Ich wagte keine Bewegung, wagte nicht, mich gegen die heftige Liebkosung zu sträuben. Unter meiner Hand klopfte ihr Herz, als fordere es etwas lang Ersehntes. Ich war betrunken, aber nicht so, dass ich nichts begriff. Behutsam zog ich die Hand fort.

»Willst du schon gehen?«, fragte Kaditscha.

»Ja.«

»Leb wohl!«, sagte sie seufzend und entfernte sich rasch. Die Pforte klappte in der Dunkelheit. Auch ich ging davon, machte aber schon nach wenigen Schritten halt. Ich weiß selbst nicht, wie es geschah, plötzlich stand ich wieder vor ihrer Gartentür. Kaditscha hatte auf mich gewartet. Sie fiel mir um den Hals und küsste mich auf den Mund.

»Bist du zurückgekommen«, flüsterte sie, dann fasste sie mich bei der Hand und nahm mich mit zu sich.

Mitten in der Nacht erwachte ich und begriff lange nicht, wo ich war. Mein Kopf schmerzte. Wir lagen eng beieinander, ich spürte Kaditschas warmen, nackten Körper und ihren gleichmäßigen Atem. Ich beschloss, aufzustehen und sofort zu gehen. Als ich mich jedoch bewegte, umarmte sie mich, ohne die Augen zu öffnen.

»Bleib«, bat sie leise. Dann hob sie den Kopf, schaute mir in der Dunkelheit in die Augen und flüsterte stockend: »Ich kann jetzt nicht ohne dich sein. Du gehörst mir! Schon immer hast du mir gehört! Ich will nichts sonst. Wenn du mich doch lieben könntest, Iljas! Ich verlang ja nichts weiter. Aber ich geb dich nicht her, verstehst du, ich geb dich nicht her!« Sie begann zu weinen, ihre Tränen rannen über mein Gesicht.

Ich blieb. Im Morgendämmer schliefen wir ein und erwachten erst, als es schon ganz hell war. Rasch zog ich mich an, ein Kältegefühl beengte mein Herz. Schon im Gehen warf ich den Halbpelz über, überquerte hastig den Hof und schlüpfte durch die Pforte auf die Straße. Ein Mann mit einer Fuchspelzmütze kam mir entgegen. Ach, wenn meine Blicke doch töten könnten! Dshantai ging zur Arbeit, er wohnte hier in der Nähe. Für einen Augenblick stockten wir beide. Dann machte ich, als hätte ich ihn nicht bemerkt, brüsk kehrt und lief mit raschen Schritten zum Wagenpark. Dshantai ließ ein vielsagendes Hüsteln hören. Ohne näher zu kommen, aber auch ohne zurückzubleiben, knirschten seine Schritte hinter mir im Schnee.

Ich ging gar nicht erst in die Garage, sondern direkt ins Büro. Aus dem Zimmer des Chefingenieurs, wo jeden Morgen eine kurze Arbeitsbesprechung stattfand, klang gedämpftes Stimmengewirr. Wie gern wär ich hineingegangen, hätte mich wie sonst aufs Fensterbrett gesetzt, die Beine übereinandergeschlagen, mir eine Zigarette angezündet und zugehört, wie sich die Fahrer gutmütig beschimpften und stritten. Nie hätte ich gedacht, dass ich mir das einmal so wünschen würde. Aber ich konnte mich nicht entschließen. Es war nicht Feigheit, was mich zurückhielt, es war der immer noch in mir bohrende wütende, herausfordernde, verzweifelte, hilflose Eigensinn. Und dazu kam noch die Verwirrung nach der mit Kaditscha verbrachten Nacht … Zudem waren die Kollegen durchaus nicht gewillt, meinen Misserfolg zu vergessen. Hinter der Tür wurde über mich gesprochen. Jemand schrie: »Das ist ja unerhört! Vors Gericht gehört er, stattdessen veranstaltet ihr hier große Diskussionen. Und er hat noch die Frechheit, zu behaupten, dass seine Idee richtig sei! Dabei hat er den Anhänger auf dem Pass stehen lassen!«

Eine andere Stimme unterbrach ihn: »Ganz recht! Solche Kerle kennen wir. Wollen immer die Klügeren sein, dabei sind sie nichts als Prämienjäger. Und angeblich alles im Interesse des Wagenparks. Leider schiefgegangen, die Sache!«

Sie stritten und wurden dabei immer lauter. Ich machte mich davon, denn ich wollte nicht den Lauscher spielen.

Als ich hinter mir Stimmen hörte, beschleunigte ich meinen Schritt. Die Besprechung war zu Ende, die Fahrer kamen den Gang entlang und unterhielten sich lebhaft. Alibek redete hitzig auf jemanden ein: »Die Bremsen für die Anhänger machen wir selbst, hier in der Werkstatt. Es ist doch nicht so schwierig, vom Kompressor einen Schlauch zu verlegen und Bremsbacken zu montieren. – Nanu, Iljas? Warte doch«, rief er mich.

Ich ging weiter zur Garage. Alibek holte mich ein und legte mir die Hand auf die Schulter.

»Hol dich der Teufel! Ich habe sie schließlich doch überzeugt! Halt dich bereit, Iljas! Willst du bei mir den Beifahrer machen? Wir machen eine Probefahrt! Mit Anhänger!«

Mich packte die Wut. Aus der Patsche helfen wollte er mir, mich, seinen Freund, den Pechvogel, ins Schlepptau nehmen! Als Beifahrer! Ich schüttelte die Hand ab.

»Lass mich in Ruh mit deinen Anhängern.«

»Warum bist du so wütend? Hast doch selber Schuld. Ach, beinahe hätt ichs vergessen, hat dir Wolodka Schirjajew nichts gesagt?«

»Nein, den hab ich nicht gesehen. Was ist?«

»Was heißt hier ›was ist‹? Wo treibst du dich eigentlich herum? Asselj wartet draußen und fragt alle Kollegen nach dir, sie macht sich Sorgen! Ach du!«

Die Knie wurden mir weich. Mir war so elend zumute, dass ich am liebsten tot umgefallen wäre, und Alibek hielt mich am Ärmel fest und erging sich in Erklärungen über irgendwelche Vorrichtungen für die Anhänger.

In der Nähe stand Dshantai und spitzte die Ohren.

»Lass mich endlich in Ruh! Was, zum Teufel, wollt ihr bloß von mir? Ich habs satt! Ich brauch eure Anhänger nicht und werd auch nicht dein Beifahrer. Ist das klar?«

Alibeks Gesicht verfinsterte sich.

»Hast doch selbst angefangen, Kleinholz zu machen, und jetzt kneifst du, ists nicht so?«

»Legs aus, wie du willst.«

Ich trat zum Wagen, meine Hände zitterten. Ich konnte keinen Gedanken fassen. Ich sprang in die Grube unter den Wagen und lehnte meinen Kopf an die Ziegelwand, um die Stirn zu kühlen.

»Hör mal, Iljas«, vernahm ich ein Flüstern.

Ich hob den Kopf. Wer wollte da schon wieder was von mir? Am Rande der Grube hockte Dshantai mit seiner Fuchspelzmütze. Er sah aus wie ein großer Pilz und schaute mich mit seinen listigen Schlitzaugen an.

»Gut hast dus ihm gegeben, Iljas.«

»Wem?«

»Alibek, dem Aktivisten. Ein Gesicht hat der gezogen, als hätt er auf was Saures gebissen. Hat gleich die Klappe zugemacht, der Neuerer.«

»Was kümmert dich das?«

»Hast also selber begriffen, dass wir Fahrer die verwünschten Anhänger nicht brauchen. Wir wissen doch, wie das gemacht wird: Wenn ein Fahrer die Norm steigert und die Fahrzeit verkürzt, gleich wirds von allen andern auch verlangt, und obendrein wird noch der Lohn je Kilometer gekürzt. Warum sollen wir uns ins eigene Fleisch schneiden? Für einen Tag bist du ein berühmter Mann, und dann ist alles vergessen. Wir nehmen es dir nicht übel, mach nur weiter so.«

»Wer ist ›wir‹?«, fragte ich möglichst ruhig. »Meinst du dich damit?«

»Nicht nur mich.« Dshantai blinzelte verwirrt.

»Das lügst du, räudige Laus! Dir zum Trotz fahre ich jetzt mit Anhänger. Koste es, was es wolle, ich schaff es. Und nun mach, dass du wegkommst! Dir werd ichs schon zeigen.«

»Na, immer mit der Ruhe«, sagte Dshantai bissig. »Dich Moralprediger kenne ich. Im Übrigen würde ich dir raten, stoß dir nur tüchtig die Hörner ab, solang du Spaß dran hast.«

»Schweinehund!«, schrie ich außer mir und versetzte ihm mit voller Wucht einen Kinnhaken.

Er kippte um, die Fuchspelzmütze fiel zu Boden. Ich sprang aus der Grube und stürzte mich auf ihn. Aber Dshantai stand schon wieder auf den Füßen, sprang beiseite und brüllte: »Rowdy! Bandit! Raufen willst du? Mit solchen wie du werden wir noch fertig! Zeigt sich so richtig, lässt seine Wut an andern aus!«

Von allen Seiten kamen Leute angerannt. Auch Alibek war dabei.

»Was ist los? Warum hast du ihn geschlagen?«

»Dafür, dass ich ihm die Wahrheit ins Gesicht gesagt habe«, höhnte Dshantai. »Hat den Anhänger gestohlen, ihn auf dem Pass stehen lassen, Schaden angerichtet, und wenn andere seine Fehler ehrlich wiedergutmachen wollen, geht er mit Fäusten auf sie los. Jetzt lohnt sich die Sache nicht mehr für ihn, wo der Ruhm ohnehin im Eimer ist.«

Alibek trat auf mich zu. Das Blut war ihm aus der Stirn gewichen, er stotterte vor Zorn.

»Du Schuft!« Er stieß mich vor die Brust. »Willst dich an uns rächen, weil dir dein Abenteuer missglückt ist? Na schön, wir kommen auch ohne dich aus, ohne einen solchen Helden!«

Ich schwieg. Mir fehlte die Kraft, etwas zu sagen. Dshantais unverschämte Lüge machte mich sprachlos. Die Kumpel sahen mich finster an.

Fort von hier, nichts als fort. Ich stürzte zum Wagen und raste davon.

Unterwegs betrank ich mich. Zuerst ließ ich mir in einem kleinen Laden an der Straße ein Glas Wodka geben. Als mir nicht besser wurde, hielt ich wieder an und trank noch ein Glas. Das half. Alles tanzte mir vor den Augen, die Brücken, die Verkehrsschilder und die entgegenkommenden Fahrzeuge.

Mich überkam so etwas wie eine grimmige Fröhlichkeit. Ach, dachte ich, hols der Teufel! Was willst du mehr, du sitzt am Steuer und lässt dir frischen Wind um die Nase wehen. Und Kaditscha … Wieso ist sie schlechter als andere? Sie ist jung und schön. Sie liebt dich, für dich tut sie alles, du undankbarer Esel!

Erst spätabends kam ich nach Hause und stand schwankend in der Tür, den Halbpelz über die Schulter geworfen. Manchmal mache ich beim Fahren den rechten Arm frei, um bequemer lenken zu können. Das ist eine Angewohnheit aus meiner Kindheit, als ich noch mit Steinen geschossen habe.

Asselj stürzte auf mich zu.

»Iljas! Was ist mit dir?« Dann schien sie zu begreifen, was mit mir los war. »Na, was stehst du herum? Bist sicher müde und durchgefroren. Zieh dich aus!«

Sie wollte mir behilflich sein, aber ich stieß sie schweigend beiseite, meine Scham hinter Grobheit verbergend. Torkelnd ging ich durchs Zimmer, warf geräuschvoll etwas um und ließ mich schwer auf einen Stuhl fallen.

»Ist was passiert, Iljas?« Beunruhigt blickte Asselj mir in die trunkenen Augen.

»Weißt dus denn nicht?« Ich ließ den Kopf sinken. Ich konnte sie nicht ansehen. Ich saß da und wartete, dass sie mir Vorwürfe machen, ihr Schicksal beklagen und mich verfluchen würde. Ich war bereit, alles anzuhören, ohne mich zu rechtfertigen. Aber sie schwieg, als wäre sie gar nicht im Zimmer. Vorsichtig blickte ich hoch. Sie stand am Fenster, mit dem Rücken zu mir. Obwohl ich ihr Gesicht nicht sah, wusste ich, dass sie weinte. Brennendes Mitleid drückte mir das Herz ab.

»Weißt du, Asselj, ich möchte dir sagen …«, begann ich unentschlossen, »ich möchte dir sagen ...«, damit verstummte ich. Ich brachte nicht den Mut auf, alles einzugestehen. Nein, ich war nicht imstande, ihr einen solchen Schlag zu versetzen, ich bedauerte sie und bereute es jetzt bitter. »Wir werden wohl nicht so bald zu deinen Eltern in den Ail fahren können«, gab ich dem Gespräch eine andere Wendung. »Später vielleicht. Jetzt ist nicht die Zeit.«

»Schön, schieben wirs auf, es eilt ja nicht«, erwiderte Asselj. Sie trocknete sich die Augen und kam zu mir. »Denk jetzt nicht dran, Iljas. Es wird schon alles gut werden. Denk lieber an dich. Du bist in der letzten Zeit so sonderbar. Ich erkenne dich gar nicht wieder.«

»Ist schon gut«, unterbrach ich sie, ärgerlich über meine Feigheit. »Ich bin müde und möchte schlafen.«

Anderntags bei der Rückfahrt traf ich auf der anderen Seite des Passes Alibek. Er fuhr mit Anhänger. Der Dolon war also bezwungen.

Als Alibek mich erblickte, sprang er, während der Wagen noch fuhr, ab und winkte. Ich verringerte die Geschwindigkeit. Glückstrahlend stand Alibek auf der Straße.

»Grüß dich, Iljas! Steig aus, rauchen wir eine!«, rief er.

Ich drosselte den Motor. Hinter Alibeks Lenkrad saß ein blutjunges Bürschchen. Das war also sein Beifahrer. Die Räder waren mit Ketten versehen, und der Anhänger hatte Luftdruckbremsen. Das bemerkte ich sofort. Aber ich stoppte nicht. Wenn es dir gelungen ist, umso besser, mich aber lass in Ruh.

»Halt, halt an!« Alibek rannte hinter meinem Wagen her.

»Ich hab mit dir zu reden, Iljas! Ach, du Satan, was machst du denn! Na, schon gut.«

Ich fuhr schneller. Schrei, so viel du willst, wir beide haben nichts mehr miteinander zu schaffen. Hab eben den Kürzeren gezogen. Das war hässlich von mir, in Alibek verlor ich meinen besten Freund. Er hatte doch recht, recht in allem, heute weiß ich es. Doch damals konnte ich ihm nicht verzeihen, dass er so beleidigend leicht und schnell das erreicht hatte, was mich so viel Nerven, Anstrengung und Mühe gekostet hatte.

Alibek war schon immer ein ernster Mensch gewesen. Nie hätte er so unüberlegt wie ich versucht, den Angriff auf den Pass zu beginnen. Natürlich war es vernünftig gewesen, einen Beifahrer mitzunehmen. Sie konnten sich unterwegs am Lenkrad ablösen und jeweils mit frischen Kräften den Pass bezwingen. Dort oben entschieden Motor sowie Wille und Hände des Fahrers. Zudem verkürzte sich die Fahrzeit auf die Hälfte, wenn man einen Beifahrer mitnahm. All das hatte Alibek bedacht und dazu noch den Anhänger mit guten Bremsen versehen. Auch Ketten für die Räder hatte er nicht vergessen, kurz, er hatte den Kampf gegen den Pass bis an die Zähne bewaffnet und nicht mit Hurrageschrei geführt.

Alibeks Beispiel folgend, begannen auch die anderen, mit Anhänger zu fahren. Es heißt nicht umsonst, aller Anfang ist schwer. Außerdem waren unterdessen weitere Wagen eingetroffen, der benachbarte Wagenpark hatte sie zur Aushilfe geschickt. Anderthalb Wochen dröhnte die Autostraße durch den Tienschan Tag und Nacht unter den Rädern der Lastwagen. Trotz aller Schwierigkeiten wurde die Bitte der chinesischen Arbeiter fristgemäß erfüllt, wir ließen sie nicht im Stich. Ich arbeitete auch …

Heute, nachdem so viele Jahre vergangen sind und das alles lange vorbei ist, erzähle ich Ihnen das ganz ruhig, aber in jenen heißen Tagen kippte ich aus dem Sattel. Ich verlor die Zügel über das Pferd des Lebens.

Doch ich will der Reihe nach berichten.

Als ich nach der Begegnung mit Alibek im Wagenpark anlangte, war es schon dunkel. Ich machte mich auf den Weg zum Ledigenheim, blieb aber unterwegs in der Teestube hängen. In jenen Tagen beherrschte mich der unüberwindbare, menschenunwürdige Wunsch, mich bis zur Bewusstlosigkeit zu betrinken, um alles zu vergessen und in totenähnlichen Schlaf zu versinken. Ich trank viel, aber der Wodka hatte fast keine Wirkung auf mich. Ich verließ die Teestube noch gereizter und verzweifelter, als ich gekommen war. Anschließend streifte ich durch die Stadt und lenkte meine Schritte, ohne zu überlegen, zur Uferstraße, wo Kaditscha wohnte.

So ging es dann Tag für Tag. Ich stand zwischen zwei Feuern. Tagsüber am Lenkrad und nachts bei Kaditscha. Mit ihr war es bequemer, ruhiger, ich versteckte mich gewissermaßen vor mir selbst, vor den Menschen und vor der Wahrheit. Mir schien, dass nur Kaditscha mich verstand und liebte. Stets war ich bemüht, möglichst rasch von zu Hause wegzukommen. Asselj, meine liebe Asselj! Wenn sie gewusst hätte, dass sie mich mit ihrem Vertrauen und ihrer inneren Reinheit forttrieb! Ich betrog sie, wissend, dass ich ihrer damit unwürdig wurde, dass ich all das nicht verdiente, was sie für mich tat. Zuweilen kam ich betrunken nach Hause. Sie machte mir nicht einmal Vorwürfe. Bis heute begreife ich nicht, was das war: Mitleid, Willensschwäche oder aber seelische Stärke, Glaube an den Menschen? Ja, natürlich, sie wartete, sie glaubte, dass ich mich zusammenreißen, mich selbst bezwingen und wieder der Alte werden würde. Ach, wäre sie lieber über mich hergefallen, hätte sie mich gezwungen, ehrlich die ganze Wahrheit zu gestehen. Vielleicht hätte sie Rede und Antwort von mir gefordert, wenn sie gewusst hätte, dass mich nicht nur die Unannehmlichkeiten in der Arbeit drückten. Sie ahnte nicht, was damals in mir vorging, und ich schonte sie, verschob die Aussprache von einem Tag zum anderen und kam so nicht dazu, das zu tun, was meine Pflicht gewesen wäre ihr gegenüber, gegenüber unserer Liebe, gegenüber unserem Kind.

Das letzte Mal kam mir Asselj mit geröteten Wangen und leuchtenden Augen fröhlich und lebhaft entgegen. Bevor ich noch Halbpelz und Stiefel ausziehen konnte, zog sie mich ins Zimmer.

»Schau, Iljas, Samat steht!«

»Tatsächlich? Wo ist er denn?«

»Da, unterm Tisch.«

»Aber er krabbelt doch!«

»Wirst es gleich sehen. Na, Söhnchen, zeig Papa, wie du stehen kannst! Na komm, komm schon her, Samat!«

Irgendwie begriff Samat, was von ihm verlangt wurde. Auf allen vieren kam er fröhlich unterm Tisch hervorgekrochen, hielt sich am Bettpfosten fest und richtete sich dann mühsam auf. Ein Weilchen stand er sieghaft lächelnd auf seinen noch unsicheren Beinchen, dann plumpste er mit demselben sieghaften Lächeln zu Boden. Ich sprang zu, nahm ihn hoch, drückte ihn an mich und atmete den leichten Milchduft des Kindes. Wie lieb und vertraut war mir dieser Duft, ebenso lieb und vertraut wie Asselj.

»Du erdrückst ihn noch, Iljas, nicht so stürmisch!« Damit nahm sie mir den Kleinen ab. »Na, was sagst du nun? Komm, zieh dich aus. Bald ist unser Sohn ein großer Junge, dann geht die Mutti wieder arbeiten. Alles kommt wieder ins Lot, alles wird gut, nicht wahr, mein Söhnchen? Und du …« Asselj schaute mich mit traurigem Lächeln an. Ich setzte mich. Ich hatte begriffen, dass sie in diese zwei Worte all das gelegt hatte, was sie mir sagen wollte, was sie in diesen Tagen belastet hatte. Ihre Worte waren Bitte, Vorwurf und Hoffnung zugleich. Ich musste ihr entweder sofort alles gestehen oder unverzüglich wegfahren. Dann schon lieber wegfahren. Sie war so glücklich und ahnte nichts. Ich erhob mich.

»Ich muss weg.«

»Wohin denn?«, fragte Asselj verblüfft. »Auch heute willst du nicht bleiben? Trink doch wenigstens noch eine Tasse Tee.«

»Keine Zeit. Ich muss weg«, murmelte ich. »Du weißt doch selbst, wie viel Arbeit wir haben.«

Es war freilich nicht die Arbeit, die mich aus dem Haus trieb. Meine nächste Fahrt begann sogar erst am folgenden Morgen.

Schwer sank ich auf den Sitz meines Wagens und stöhnte vor Schmerz. Es dauerte lange, bis ich mit meinen zitternden Händen den Schlüssel im Zündschloss hatte. Dann lenkte ich auf die Straße und fuhr, bis die Lichterkette hinter mir verschwunden war. In einer Schlucht, gleich hinter einer Brücke, bog ich ins Gebüsch ab und löschte die Scheinwerfer.

Hier wollte ich übernachten. Ich holte Zigaretten hervor, in meiner Streichholzschachtel war jedoch nur noch ein einziges Zündholz, das kurz aufflammte und sofort wieder erlosch. Wütend schleuderte ich Schachtel und Zigaretten aus dem Wagen, zog den Halbpelz über den Kopf und rollte mich mit hochgezogenen Beinen auf dem Sitz zusammen.

Der Mond blickte verdrießlich auf die kalten, dunklen Berge herab. Traurig pfiff der Wind durch die Schlucht und bewegte die leicht geöffnete Wagentür hin und her. Sie knarrte leise. Noch nie hatte ich meine völlige Einsamkeit, das Losgerissensein von meiner Familie und meine Isolierung von den Kumpeln so krass empfunden. Ich konnte nicht länger so leben. Ich schwor mir, sobald ich in den Wagenpark zurückgekehrt wäre, mit Kaditscha zu reden und sie zu bitten, mir zu verzeihen und zu vergessen, was zwischen uns gewesen war. Das wäre ehrlich und richtig gewesen.

Doch das Leben wollte es anders. Nie hatte ich erwartet, nie gedacht, dass das geschehen könnte. Als ich am übernächsten Morgen zum Umschlagpunkt zurückkehrte, traf ich daheim, obwohl die Tür offen stand, niemand an. Anfangs vermutete ich, Asselj sei Wasser oder Brennholz holen gegangen, als ich mich jedoch umsah, bemerkte ich die Unordnung im Zimmer. Der ungeheizte schwarze Herd atmete Öde und Kälte. Ich ging zu Samats Bettchen – es war leer.

»Asselj!«, flüsterte ich angstvoll. »Asselj!«, echoten die Wände.

Ich stürzte zur Tür.

»Asselj!«

Keine Antwort. Ich rannte zu den Nachbarn, zur Tankstelle, aber niemand wusste etwas. Ich erfuhr nur, dass sie am Tag zuvor weggefahren war und den Kleinen bei Bekannten gelassen hatte. Am Abend war sie jedoch zurückgekehrt. Sie hat mich verlassen, sie hat alles erfahren!, durchzuckte es mich.

Wohl noch nie war ich mit meinem Wagen in solchem Höllentempo durch den Tienschan gerast wie an jenem Unglückstag. Immerfort schien es mir, dass ich sie nach gerade dieser Kurve, in gerade dieser Schlucht und wo sonst noch immer einholen würde. Wie der Königsadler hinter seiner Beute jagte ich hinter den Fahrzeugen vor mir her, holte sie ein, warf rasch einen Blick auf die Ladefläche und ins Führerhaus und schoss dann vorbei, begleitet von den Flüchen der Fahrer. So sauste ich drei Stunden lang ununterbrochen durch die Gegend, bis das Wasser im Kühler zu kochen begann. Ich machte halt, warf Schnee auf den Kühler und holte Wasser. Der Kühler dampfte, der Wagen bebte wie ein abgehetztes Pferd. Ich wollte mich gerade wieder an den Lenker setzen, als ich Alibeks Wagen mit Anhänger erblickte, der mir entgegenkam. Obgleich wir in der letzten Zeit weder ein Wort gewechselt noch uns gegrüßt hatten, freute ich mich, würde er es mir doch sagen, wenn Asselj bei ihnen wäre. Ich stellte mich mitten auf die Straße und hob die Hand.

»Halt! Halt an, Alibek!«

Am Lenkrad saß gerade der zweite Fahrer. Er warf Alibek einen fragenden Blick zu. Der drehte sich finster weg. Der Wagen sauste vorbei. In einer Wolke hochgewirbelten Schnees stand ich noch lange mit erhobener Hand auf der Straße. Dann fuhr ich mir übers Gesicht. Nun ja, wie du mir, so ich dir. Er hatte mir alles heimgezahlt. Aber ich hatte andere Sorgen, als an die Kränkung zu denken. Asselj war also nicht bei ihnen. Dann blieb nur noch, dass sie zu den Ihren in den Ail gefahren war, wo sollte sie sonst hin. Wie mochte sie die Schwelle des Elternhauses übertreten, was gesagt haben? Und wie mochte man ihre schmachvolle Rückkehr, allein, mit dem Kind auf dem Arm, aufgenommen haben? Ich musste unverzüglich in den Ail.

Eilig lieferte ich meine Ladung ab, ließ den Wagen auf der Straße stehen und lief in die Fahrdienstleitung, um die Papiere abzugeben. Am Tor stieß ich auf Dshantai, wie verhasst mir sein unverschämtes, hämisches Lächeln war!

Als ich den Kopf durch den Schalter steckte und den Fahrbefehl hinlegte, sah mich Kaditscha mit einem sonderbaren Blick an, der Besorgnis und Schuldgefühl verriet.

»Mach rasch«, sagte ich. »Ist was passiert?«

»Sie ist nicht zu Hause. Asselj ist weg!«

»Was sagst du da?« Kaditscha erblasste, kam hinter dem Tisch hervor, biss sich auf die Lippen und bat: »Verzeih, verzeih mir, Iljas! Ich bin schuld, ich …«

»Was ist los? Nun red schon!« Ich stürzte zu ihr hinein.

»Ich weiß selber nicht, wie alles gekommen ist, ehrlich nicht, Iljas. Gestern klopfte der Pförtner ans Fenster und sagte, ein Mädchen wolle dich sprechen. Ich erkannte Asselj gleich. Eine Weile betrachtete sie mich, ohne einen Ton zu sagen, dann fragte sie: ›Ist es wahr?‹ Und ich, ich sagte plötzlich, selbst nicht wissend, was ich tat: ›Ja, es ist wahr, alles ist wahr, er gehört mir!‹ Sie taumelte zurück, ich ließ den Kopf auf den Tisch sinken, schluchzte und wiederholte wie von Sinnen: ›Er gehört mir! Nur mir!‹ Dann habe ich sie nicht mehr gesehen. Verzeih, verzeih mir!«

»Warte, woher hat sies erfahren?«

»Von Dshantai. Er wars, er hat auch mir gedroht. Du kennst ihn doch, diesen Halunken. Fahr los, Iljas, fahr ihr nach, such sie! Ich will dir nicht im Wege stehen, ich fahre weg.«

Ich sauste mit dem Wagen durch die winterliche Steppe.

Unter den Rädern schiefergrauer, hart gefrorener Boden. Der Wind kämmte die Mähnen der Schneewehen, blies die heimatlosen Kollerdisteln aus den Aryks und jagte sie über die Steppe. In der Ferne dunkelten die wetterharten Dubale und die kahlen Gärten des Ails.

Gegen Abend langte ich im Ail an. Ich hielt vor dem bekannten Hof, rauchte, um die Nerven zu beruhigen, rasch eine Zigarette, trat den Stummel aus und hupte. Doch anstelle von Asselj erschien ihre Mutter in einem über die Schulter geworfenen Pelz. Ich setzte einen Fuß aufs Trittbrett und sagte leise: »Guten Abend, Apa!«

»Ah, hast dich also auch mal herbequemt«, antwortete sie drohend. »Und besitzt nach allem, was geschehen ist, obendrein noch die Frechheit, mich Apa zu nennen! Mach, dass du wegkommst, geh mir aus den Augen! Du Strolch, du hergelaufener! Hat mir das leibliche Kind entführt und hat noch die Stirn herzukommen! Das ganze Leben hast du uns zerstört, du schamloser Lump!«

Die Alte ließ mich überhaupt nicht zu Worte kommen. Sie beschimpfte und schmähte mich mit den beleidigendsten Ausdrücken. Auf ihr Geschrei hin lief die Nachbarschaft zusammen.

»Scher dich weg, eh ich das ganze Dorf zusammengeschrien habe! Verflucht sollst du sein! Dass du mir nicht mehr unter die Augen kommst!« Wütend hatte sie den Pelz auf die Erde geworfen und stand nun dicht vor mir.

Was blieb mir übrig, als wieder einzusteigen! Da Asselj mich nicht einmal sehen wollte, konnte ich nur noch wegfahren. Steine und Knüppel trafen meinen Wagen, die Dorfjungen jagten mich aus dem Ail.

In jener Nacht lief ich lange am Ufer des Issyk-Kul auf und ab. Das Wasser wogte im Mondlicht. Ach, Issyk-Kul, du immer warmer See, wie kalt und unfreundlich warst du in dieser Nacht! Schließlich setzte ich mich auf einen umgekippten Kahn und sah den Wellen zu, die sich wütend am Strand brachen, mir die Stiefel leckten und sich seufzend wieder zurückzogen.

Da trat jemand zu mir heran und legte mir behutsam die Hand auf die Schulter: Kaditscha.

Einige Tage später fuhren wir nach Frunse und wurden Mitglieder einer Forschergruppe, die die Anarchaisteppe zu erschließen hatte. Ich arbeitete als Fahrer, Kaditscha als gewöhnliche Arbeiterin. So begann es, das neue Leben.

Die Expedition drang weit in die Anarchaisteppe vor, fast bis zum Balchaschsee. Wenn man schon mit der Vergangenheit bricht, so auch ganz.

In der ersten Zeit betäubte ich meinen Schmerz mit Arbeit. Es gab auch dort nicht wenig zu tun. Über drei Jahre fuhren wir kreuz und quer durch die endlose Steppe, bohrten Brunnen, legten Straßen an, errichteten Umschlagpunkte. Bald war es nicht mehr die frühere wilde, wermutduftende und hügeldurchzogene Steppe, wo man sich am helllichten Tage verirren und einen ganzen Monat herumstreifen konnte. Sie wurde zu einem Land der Viehzüchter mit Klubs und wohleingerichteten Häusern. Man begann sogar, Heu und Getreide zu ernten. Zwar gibts dort heute noch Arbeit in Hülle und Fülle, vor allem für uns Fahrer, aber dennoch kehrte ich in den Tienschan zurück, nicht etwa, weil das Leben auf dem Neuland schwer war, das war es schließlich nur zeitweilig, und Kaditscha und ich fürchteten keine Schwierigkeiten. Zudem lebten wir nicht schlecht zusammen, wir achteten einander. Aber Achtung ist noch keine Liebe. Selbst wenn der eine liebt und der andere nicht, ist das meiner Meinung nach kein richtiges Leben. Gilt das nun für die Menschen schlechthin oder nur für mich, mir fehlte jedenfalls immerfort etwas, und das ließ sich weder durch Arbeit noch durch Freundschaft, noch durch die Güte und Aufmerksamkeit einer liebenden Frau ersetzen. Schon längst bereute ich insgeheim, dass ich so Hals über Kopf davongefahren war und nicht noch einmal versucht hatte, Asselj zurückzugewinnen. Im letzten halben Jahr empfand ich heftige Sehnsucht nach ihr und meinem Sohn. Nächtelang fand ich keinen Schlaf. Ich sah Samat vor mir, wie er lächelte und unsicher auf den wackeligen Beinchen stand. Es war, als hätte ich seinen zarten Kinderduft fürs ganze Leben eingeatmet. Ich sehnte mich nach den Bergen des Tienschan, nach meinem blauen Issyk-Kul, nach der Vorgebirgssteppe, wo ich meiner ersten und einzigen Liebe begegnet war. Kaditscha wusste das, aber sie machte mir keine Vorwürfe. Endlich begriffen wir, dass wir nicht zusammenleben konnten.

Diesmal gab es einen zeitigen Frühling in der Anarchaisteppe. Der Schnee schmolz rasch, bald waren die Hügel schneefrei und wurden grün. Die Steppe erwachte zum Leben, sog Wärme und Feuchtigkeit ein. In den Nächten war die Luft durchsichtig und der Himmel sternklar.

Wir lagen neben einem Bohrturm im Zelt. Wie immer fand ich keinen Schlaf. Plötzlich ertönte in der Steppenstille das ferne, kaum vernehmbare Pfeifen einer Lokomotive. Wie es hierherkam, war schwer zu sagen. Vielleicht wars auch nur Einbildung, lag doch die Bahnlinie über eine halbe Tagesreise von uns entfernt. Jedenfalls begann mein Herz aufgeregt zu pochen, es rief zum Aufbruch. Ich sagte: »Ich fahre weg, Kaditscha.«

»Ja, Iljas, wir müssen auseinander«, antwortete sie.

Wir trennten uns. Kaditscha fuhr nach Nordkasachstan, auf Neuland. Ich wünsche ihr von Herzen, dass sie glücklich wird. Ich möchte glauben, dass sie dort den Mann trifft, der, ohne es selbst vielleicht zu wissen, nach ihr sucht. Mit ihrem ersten Mann hatte sie kein Glück, und auch mit mir war es nicht gut gegangen. Möglich, dass ich bei ihr geblieben wäre, wenn ich nicht gewusst hätte, was wirkliche Liebe ist, was es heißt, selbst zu lieben und geliebt zu werden. Das ist so eine Sache, die man schwer erklären kann.

Ich brachte Kaditscha zur Bahnstation und setzte sie in den Zug. Lange lief ich neben dem Wagen her. »Glückliche Reise, Kaditscha, und sei mir nicht böse!«, waren meine letzten Worte.

Kraniche zogen über die Anarchaisteppe nach Süden, ich aber reiste nach Norden in den Tienschan.

Als ich ankam, fuhr ich, ohne zu säumen, sofort in den Ail. Ich hatte mich von einem Lastwagen mitnehmen lassen und bemühte mich, an nichts zu denken. Mir war unheimlich und froh zugleich. Wir fuhren durch die Vorgebirgssteppe, es war derselbe Weg, auf dem ich Asselj zum ersten Mal begegnet war. Doch jetzt war es schon kein Weg mehr, sondern eine richtige Chaussee mit Betonbrücken und Verkehrsschildern. Es tat mir richtig leid um den alten Steppenweg. Ich fand weder die Durchfahrt durch den Aryk, wo ich damals stecken geblieben war, noch den Stein, auf dem Asselj einst gesessen hatte.

Als der Ail in Sicht kam, klopfte ich an die Rückwand des Fahrerhauses.

»Was ist los?« Der Fahrer steckte den Kopf aus dem Fenster.

»Halt an, ich will aussteigen.«

»Mitten auf freiem Feld? Wir sind doch gleich da.«

»Danke schön! Ich habs nicht weit von hier, ich geh ein Stückchen zu Fuß.« Damit sprang ich ab und reichte ihm Geld hin.

»Lass das«, sagte er, »von Kollegen nehm ich nichts.«

»Nimm nur, es steht mir ja nicht auf der Stirn geschrieben, dass ich auch Fahrer bin.«

»Ich habs aber trotzdem gemerkt.«

»Na gut, wenn es so ist. Machs gut!«

Der Wagen fuhr ab. Ich aber stand noch immer auf der Chaussee und konnte mich zu nichts aufraffen. Ich zündete mir eine Zigarette an. Meine Hand zitterte, als ich die Zigarette zwischen die Lippen steckte. Nachdem ich mehrere tiefe Züge gemacht hatte, trat ich den Stummel aus und marschierte los. »Da wär ich also«, murmelte ich. Mein Herz klopfte so laut, dass es mir in den Ohren klang, es war, als hätte ich eins mit dem Hammer vor den Kopf bekommen.

Der Ail hatte sich merklich verändert, er war größer geworden, es gab viele neue Häuser mit Schieferdächern, elektrische Leitungsdrähte zogen sich an der Straße entlang, vor der Kolchosverwaltung stand ein Pfahl mit einem Lautsprecher. Kinder eilten zur Schule. Einige Halbwüchsige umringten einen jungen Lehrer und sprachen lebhaft auf ihn ein. Vielleicht waren es dieselben, die mich seinerzeit mit

Steinen und Knüppeln aus dem Ail gejagt hatten. Die Zeit vergeht, sie bleibt nicht stehen. Ich lief schneller. Da war schon der Hof mit den Weiden und dem Dubal. Einen Augenblick blieb ich stehen, um Atem zu schöpfen. Dann ging ich unsicher auf die Pforte zu, Angst und Unruhe im Herzen. Ich klopfte. Ein Mädchen mit einer Mappe unter dem Arm kam herausgelaufen. Es war dasselbe, das mir seinerzeit die Zunge herausgestreckt hatte, jetzt ging es schon zur Schule. Das Mädchen hatte es eilig. Erstaunt musterte es mich und sagte: »Es ist niemand daheim!«

»Überhaupt niemand?«

»Nein. Apa ist zu Besuch in der Försterei. Und Vater fährt Wasser für die Traktoren.«

»Und wo ist Asselj?«, fragte ich schüchtern und fühlte, wie mir der Gaumen trocken wurde.

»Asselj?«, fragte das Mädchen verblüfft. »Asselj wohnt längst nicht mehr hier.«

»Kommt sie denn nie her?«

»Sie kommt jedes Jahr einmal mit dem Dshesde. Apa sagt, er sei ein sehr guter Mann.«

Ich stellte keine weiteren Fragen. Das Mädchen rannte zur Schule, und ich kehrte um.

Die Neuigkeit traf mich wie der Blitz aus heiterem Himmel, ich war so erschüttert, dass es mir völlig egal war, wen, wann und wohin sie geheiratet hatte. Wozu sollte ich das auch wissen?

Sonderbarerweise war es mir nie in den Sinn gekommen, dass Asselj einen anderen finden könnte. Dabei hätte ichs mir doch denken können. Sollte sie vielleicht all die Jahre dasitzen und warten, bis ich wieder auftauchen würde?

Ohne auf einen Wagen zu warten, der mich mitnehmen konnte, ging ich die Chaussee entlang.

Ja, der alte Weg hatte sich verändert, er war festgestampft und mit Schotter bestreut. Nur die Steppe war die alte geblieben, mit ihren dunklen Sturzäckern und den hellen, ausgeblichenen Stoppelfeldern. In breiten Hügelketten zog sie sich von den Bergen bis zum Horizont, wo sie als helle Kante den fernen Issyk-Kul säumte. Nach der Schneeschmelze war der Boden kahl und nass. Irgendwo ratterten Traktoren. Die Frühjahrsbestellung hatte bereits begonnen.

Nachts langte ich in der Kreisstadt an, und am nächsten Morgen beschloss ich, mich im Wagenpark anstellen zu lassen. Alles war zu Ende, ich hatte alles verloren. Es blieb nur eins: die Arbeit.

Auf der Tienschanstraße war, wie immer, starker Verkehr. Der Wagenstrom riss nicht ab. Ich wartete, bis ein Wagen aus meinem alten Park vorbeikam, dann erst hob ich die Hand.

Der Wagen hatte ein solches Tempo drauf, dass er erst einige Meter weiter zum Stehen kam. Rasch griff ich nach meinem Koffer, als auch schon der Fahrer ausstieg. Es war mein ehemaliger Regimentskamerad Ermek, der bei mir in der Armee fahren gelernt hatte. Damals war er noch ein Grünschnabel gewesen. Ermek sah mir mit einem unsicheren Lächeln entgegen.

»Erkennst du mich nicht?«

»Sergeant … Iljas, Iljas Alybajew!«, erinnerte er sich schließlich.

»Ebender!«, sagte ich lächelnd, hatte aber ein bitteres Gefühl dabei. Ich musste mich wohl sehr verändert haben, da er mich nicht gleich erkannt hatte.

Wir fuhren los, unterhielten uns über dies und jenes und erinnerten uns unserer Dienstzeit in der Armee. Während unseres Gesprächs fürchtete ich nur eines: dass er mich nach meinem Leben in den letzten Jahren fragen würde. Aber Ermek wusste anscheinend nichts, und ich beruhigte mich bald wieder.

»Wann bist du denn aus der Armee entlassen worden?«

»Vor zwei Jahren.«

»Und wo ist Alibek Dshanturin?«

»Das weiß ich nicht genau, ich habe ihn hier nicht mehr angetroffen, er soll angeblich Obermechaniker in einem Wagenpark im Pamir sein.«

Alle Achtung, Alibek! Bist doch ein Prachtkerl, alter Freund, ein tüchtiger Dshigit!, freute ich mich für ihn.

Er hatte also sein Ziel erreicht, schon in der Armee war er Fernstudent an einer Fachschule für Kraftfahrzeugtechnik gewesen und hatte beabsichtigt, auch die Hochschule zu absolvieren.

»Ist Amandsholow noch Leiter des Wagenparks?«

»Nein, wir haben einen neuen, Amandsholow ist aufgerückt, er sitzt jetzt im Ministerium.«

»Was meinst du, werden sie mich einstellen?«

»Aber natürlich, warum denn nicht? Du bist doch ein erstklassiger Fahrer, warst doch schon in der Armee gut angeschrieben.«

»Das war einmal«, murmelte ich. »Kennst du übrigens Dshantai?«

»Nein. Den Namen hab ich nie gehört.«

Tja, vieles hat sich geändert im Wagenpark, dachte ich und fragte nach einer Weile: »Und wie stehts mit den Anhängern, fahrt ihr mit Anhängern über den Pass?«

»Na klar«, antwortete Ermek, als sei das die alltäglichste Sache der Welt. »Das hängt nur von der Ladung ab. Wenns nötig ist, kuppeln wir Anhänger an, wir haben doch starke Wagen.«

Er wusste nicht, wie teuer mich diese Anhänger zu stehen gekommen waren.

Jedenfalls war ich wieder in meinem alten Wagenpark. Ermek lud mich zu sich nach Hause ein, bewirtete mich und wollte mit mir auf unser Wiedersehen anstoßen. Ich trank jedoch schon lange nicht mehr und lehnte ab.

Auch im Wagenpark wurde ich nicht übel empfangen. Ich war den Kumpeln, die mich von früher her kannten, dankbar, dass sie keine überflüssigen Fragen stellten. Sie begriffen wohl: Ich hatte mich irgendwo in der Welt herumgetrieben, war zurückgekehrt und arbeitete jetzt gewissenhaft, und dabei ließen sie es bewenden. Wozu an Vergangenes rühren? Ich war bemüht zu vergessen, alles und für immer. Am Umschlagpunkt, wo ich früher mit meiner Familie gewohnt hatte, raste ich stets vorbei, ohne nach links oder rechts zu blicken. Nicht mal an der Tankstelle hielt ich an. Allein, es gab keine Rettung für mich, es gelang mir nicht, mich selbst zu betrügen.

Ich arbeitete bereits wieder eine geraume Zeit im Wagenpark, hatte mich eingelebt, mich an meinen Wagen gewöhnt und den Motor in allen Gängen und bei allen Steigungen erprobt. Mit einem Wort, ich wusste Bescheid.

An jenem Tag kam ich aus China zurück. Ich fuhr ruhig, dachte an nichts, drehte den Lenker und schaute in die Gegend. Es war Frühling. In der Ferne wurden hier und dort Jurten errichtet, die Viehzüchter zogen auf die Frühjahrsweide. Graue Rauchfähnchen kräuselten sich über den Kuppelzelten. Der Wind trug Pferdegewieher herüber. Neben der Straße weideten Schafherden. Ich erinnerte mich an meine frühe Kindheit, und mir wurde traurig zumute. Und plötzlich, ich näherte mich dem See, zuckte ich zusammen: Schwäne! Zum zweiten Mal im Leben sah ich Frühlingsschwäne am Issyk-Kul. Die weißen Vögel kreisten über dem tiefblauen Wasser. Ohne zu wissen, warum, bog ich scharf ab und fuhr querfeldein zum See, wie damals.

Ach, Issyk-Kul, Issyk-Kul, du mein unvollendetes Lied! Warum musste ich an jenen Tag zurückdenken, als ich auf dieser Anhöhe dicht am Wasser mit Asselj haltgemacht hatte? Alles war wie an jenem Tag; als hielten sie sich an den Händen, eilten die schäumenden, blauen Wellen in dichter Folge ans gelbe Ufer. Die hinter den Bergen versinkende Sonne färbte das Wasser rötlich. Aufgeregt schreiend, flogen die Schwäne dahin. Bald schwangen sie sich in die Höhe, bald ließen sie sich mit weitgebreiteten Schwingen fallen und badeten im schäumenden Wasser. Ja, alles war wie damals. Nur Asselj war nicht mehr bei mir. Wo mochte sie jetzt sein, meine Pappel im roten Kopftuch?

Lange stand ich am Ufer. Dann kehrte ich in den Wagenpark zurück und verlor die Nerven. Wieder trieb es mich in die Teestube, um den jäh erwachten Schmerz zu ertränken. Es war schon spät, als ich sie wieder verließ. Der Himmel war dunkel und bedeckt. Aus der Schlucht wehte ein scharfer Wind, wütend bog er die Bäume, pfiff in den Leitungsdrähten und schleuderte mir Sand ins Gesicht. Der See ächzte und stöhnte.

Endlich langte ich im Ledigenheim an und warf mich, so wie ich war, aufs Bett.

Morgens konnte ich kaum den Kopf vom Kissen heben, so einen Kater hatte ich. Draußen nieselte ein widerwärtiger Schneeregen hernieder. Etwa drei Stunden lag ich so, ich hatte keine Lust zu arbeiten. Es war das erste Mal, dass mir selbst die Arbeit keinen Spaß machte. Doch dann schämte ich mich, stand auf und fuhr los.

Der Wagen wollte nicht recht, vielmehr, es lag an mir, ich war matt, und das Wetter ging mir auf die Nerven. Die Wagen, die mir entgegenkamen, waren schneebedeckt, auf dem Pass schneite es also. Und wennschon! Von mir aus konnte es stürmen, so viel es wollte, mir wars egal, es war ohnehin alles aus.

Meine Laune war auf dem Nullpunkt. Wenn ich in den Rückspiegel schaute, wurde mir jedes Mal übel: unrasiert, das Gesicht welk und aufgedunsen, wie nach einer Krankheit. Ich hätte unterwegs etwas essen sollen, da ich nicht gefrühstückt hatte, aber ich hatte nicht den geringsten Appetit und wollte lieber etwas trinken. Lässt man sich erst einmal gehen, fällt es nachher schwer, sich wieder zusammenzureißen.

Vor einer Imbissstube machte ich halt. Das erste Glas pulverte mich auf, ich kam langsam zu mir. Auch das Fahren ging jetzt besser. Bald hielt ich wieder an, trank noch ein Glas, dann noch eins und noch eins. Die Straße glitt unter mir hinweg, die Scheibenwischer pendelten mir vor den Augen. Über den Lenker gebeugt, kaute ich an meiner Zigarette und sah nur noch, wie die mir entgegenkommenden Fahrzeuge vorbeisausten und meine Scheiben mit Dreck bespritzten. Ich drehte ebenfalls auf, denn es war schon spät.

Die Nacht überraschte mich in den Bergen, leise und undurchdringlich. Jetzt machte sich auch der Wodka bemerkbar. Ich war völlig erschöpft und wurde immer müder. Schwarze Punkte tanzten mir vor den Augen. Im Fahrerhaus war es schwül, mir wurde übel. Nie im Leben war ich so betrunken gewesen. Der Schweiß rann mir übers Gesicht. Mir war, als führe ich nicht in meinem Wagen, sondern auf zwei dahineilenden Lichtstrahlen, die aus den Scheinwerfern brachen. Bald stürzte ich mit diesen Strahlen in eine hell erleuchtete Senke, bald erklomm ich mit den zitternden, über die Felsen tastenden Lichtfingern Steigungen, dann wieder beschrieb ich mit ihnen Serpentinen. Meine Kräfte ließen immer mehr nach, doch ich hielt nicht an, weil ich spürte, dass ich nur die Hände vom Lenkrad zu lösen brauchte, um sofort die Gewalt über den Wagen zu verlieren. Ich wusste nicht mehr genau, wo ich war, ich wusste nur noch, dass ich mich auf dem Pass befand. Ach, Dolon, Dolon, du Riese des Tienschan! Bist kein Honiglecken! Namentlich nachts nicht und schon gar nicht für einen betrunkenen Fahrer!

Mit Mühe nahm der Wagen eine Steigung und rollte dann bergab. Die Nacht geriet ins Wanken. Die Hände gehorchten mir nicht mehr. Mit zunehmender Geschwindigkeit raste der Wagen bergab. Dann gab es einen dumpfen Stoß, ein Knirschen, die Scheinwerfer erloschen, schwarze Finsternis umgab mich. Irgendwo in der Tiefe meines Bewusstseins glomm es auf: ein Unfall! Ich weiß nicht mehr, wie lange ich so dalag, plötzlich drang jedenfalls wie aus weiter Ferne, wie durch dicke Watte eine Stimme an mein Ohr: »Na, leuchte mal!« Hände tasteten mir Kopf, Schultern und Brust ab.

»Er lebt, ist nur betrunken«, sagte die Stimme. Eine andere antwortete: »Wir müssen die Straße frei machen.«

»Los, Freund, versuch mal, ein bisschen beiseite zu rücken, wir wollen den Wagen ein Stückchen weiterfahren.« Die Hände schoben mich behutsam vom Lenkrad weg.

Stöhnend hob ich den Kopf. Blut rann mir übers Gesicht. Etwas in der Brust hinderte mich, mich gerade aufzusetzen. Der Fremde riss ein Streichholz an und sah mich an. Dann riss er noch eins an und sah mich noch einmal an, als traue er seinen Augen nicht.

»Was machst du bloß für Geschichten, Freund!

Wie ist denn so was möglich, hm?«, sagte er bedauernd aus der Finsternis.

»Der Wagen … ist er sehr kaputt?«, fragte ich, Blut spuckend.

»Nicht sehr. Er steht nur quer zur Fahrbahn.«

»Na, dann kann ich ja gleich weiter, lass mich los!« Mit zitternden Händen versuchte ich, die Zündung einzuschalten und auf den Anlasser zu drücken.

»Wart mal.« Der Fremde packte mich an der Schulter. »Hast genug Mist gebaut! Steig aus. Übernachtest bei mir, morgen früh sehen wir weiter.«

Ich wurde aus dem Fahrerhaus gezogen.

»Fahr den Wagen an den Straßenrand, Kemel, reparieren können wir ihn morgen.«

Er legte meinen Arm um seinen Nacken und schleppte mich irgendwohin in die Dunkelheit. Wir gingen lange, bis wir ein Gehöft erreichten. Der Mann half mir ins Haus. In der Stube brannte eine Petroleumlampe. Er schob mich auf einen Schemel und zog mir den Halbpelz aus. Dabei sah ich ihn zum ersten Mal richtig an und erkannte ihn sofort. Es war der Straßenmeister Baitemir, derselbe, mit dem ich auf dem Pass den Wagen abgeschleppt hatte. Scham überkam mich, trotzdem freute ich mich, ihn wiederzusehen. Ich wollte mich schon entschuldigen und mich bei ihm bedanken, als mich das Geräusch auf den Boden fallender Holzscheite aufblicken ließ. Langsam, wie hypnotisiert, erhob ich mich, mir war, als hätte jemand eine schwere Last auf meine Schultern gewälzt.

In der Tür, neben den auf den Boden gefallenen Scheiten, stand Asselj. Unnatürlich aufrecht stand sie da und schaute mich wie leblos an. »Was ist denn das?«, flüsterte sie.

Beinahe hätte ich »Asselj« gerufen, aber ihr fremdabweisender Blick schnürte mir die Kehle zu. Vor Scham vergehend, senkte ich den Kopf. In der Diele wurde es unheimlich still. Ich weiß nicht, wie alles geendet hätte, wäre Baitemir nicht gewesen. Als wäre nichts geschehen, drückte er mich wieder auf den Schemel nieder.

»Nichts Schlimmes, Asselj«, sagte er ruhig. »Der Fahrer hat einen leichten Unfall gehabt, er muss nur ein bisschen liegen. Gib uns lieber Jodtinktur.«

»Jod?« Ihre Stimme wurde wärmer, klang besorgt. »Das Jod haben sich die Nachbarn geborgt. Ich hols gleich!« Damit lief sie zur Tür hinaus.

Ich biss mir auf die Lippen, wagte aber keine Bewegung. Im Handumdrehen war mein Rausch verflogen, ich war vollkommen nüchtern. Nur das Blut hämmerte mir in den Schläfen.

»Zuerst müssen wir das Blut abwaschen«, sagte Baitemir, die Schrammen auf meiner Stirn in Augenschein nehmend. Er griff nach einem Eimer und ging hinaus. Aus dem Nebenzimmer lugte ein barfüßiger, etwa fünfjähriger Junge im Nachthemd. Er sah mich mit großen, neugierigen Augen an. Ich erkannte ihn sofort, wieso, weiß ich nicht, aber ich erkannte ihn, mein Herz erkannte ihn wohl.

»Samat!«, flüsterte ich mit gepresster Stimme und streckte die Hand nach ihm aus. In dem Moment erschien Baitemir in der Tür. Ich erschrak. Sicher hatte er gehört, wie ich den Sohn beim Namen nannte. Mir war, als hätte man mich bei einem Diebstahl ertappt.

Um meine Verlegenheit zu verbergen, fragte ich, die Schramme über dem einen Auge mit der Hand versteckend: »Ist das Ihr Sohn?«

Warum stellte ich nur diese Frage? Bis auf den heutigen Tag kann ich mir das nicht verzeihen.

»Ja, meiner!«, antwortete Baitemir mit überzeugtem Besitzerstolz. Er stellte den Eimer ab und nahm Samat auf den Arm. »Natürlich meiner, nicht wahr, Samat?« Er küsste den Kleinen und kitzelte ihn mit dem Schnurrbart am Hals. In seiner Stimme und seinem Benehmen war kein Fünkchen Falsch. »Warum schläfst du nicht, hm? Ach du, mein kleines Füllen, alles muss es wissen, na, jetzt aber marsch, ins Bett!«

»Wo ist Mama?«, fragte Samat.

»Sie kommt gleich. Da ist sie schon! Nun geh, Söhnchen!«

Asselj kam herein, musterte uns mit besorgtem Blick, gab Baitemir das Jodfläschchen und brachte den Sohn ins Bett. Baitemir feuchtete ein Handtuch an und wusch mir das Blut vom Gesicht.

»Halt aus!«, scherzte er, während er mir die Schrammen mit Jod betupfte, dass sie brannten, und fügte dann streng hinzu: »Für den Mist, den du gebaut hast, brennts noch viel zu wenig, aber lassen wir das, schließlich bist du unser Gast. So, jetzt ist alles in Ordnung, wird schon verheilen. Asselj, bringst du uns Tee?«

»Gleich.«

Baitemir breitete eine Steppdecke über den dicken Filzbelag in der Ecke und legte ein Kissen darauf.

»Setz dich her, und ruh dich aus«, sagte er.

»Danke, es geht schon«, murmelte ich.

»Setz dich, setz dich, und fühl dich wie zu Hause«, drängte Baitemir.

Wie ein Automat tat ich, was er wollte. Mir war, als drücke mir jemand das Herz ab. Furcht und Erwartung nagten an mir. Ach, wozu hatte mich meine Mutter zur Welt gebracht!

Asselj, bemüht, nicht zu mir hinzusehen, nahm den Samowar und ging hinaus auf den Hof.

»Ich helf dir gleich, Asselj«, rief Baitemir ihr nach. Er wollte gerade folgen, als Samat in der Tür erschien. Anscheinend hatte er keine Lust zum Schlafen.

»Was ist denn, Samat?« Baitemir schüttelte gutmütig den Kopf. »Onkel, kommst du direkt aus dem Film?«, fragte mich mein Sohn ernsthaft und kam langsam näher. Ich ahnte, was weiter kommen würde, und Baitemir brach in schallendes Gelächter aus.

»Ach, du mein Dummchen, du!«, sagte er lachend und kauerte sich neben dem Knirps hin. »So was Komisches! Wenn wir ins Bergarbeiterkino fahren, nehmen wir ihn immer mit«, wandte er sich an mich.

»Ja, ich komme direkt aus dem Film«, sagte ich, um kein Spielverderber zu sein.

Aber Samat war nicht recht befriedigt.

»Das stimmt nicht«, erklärte er.

»Wieso stimmt es nicht?«

»Und wo ist dein Säbel, mit dem du gekämpft hast?«

»Den hab ich zu Hause gelassen.«

»Zeigst du ihn mir morgen?«

»Ich zeig ihn dir. Na, komm mal her! Wie heißt du denn? Samat?«

»Hm. Und wie heißt du, Onkel?«

»Ich heiße ...« Ich stockte. »Ich heiße Onkel Iljas«, brachte ich mühsam hervor.

»Geh schlafen, Samat, es ist schon spät«, mischte Baitemir sich ein.

»Papa, darf ich nicht noch ein bisschen aufbleiben?«, bat Samat.

»Na schön«, erlaubte Baitemir. »Ich hol gleich den Tee.« Samat kam zu mir. Ich streichelte seine Hand.

Er war mir sehr, sehr ähnlich. Sogar die Hände waren die gleichen, und er lachte ebenso wie ich.

»Was willst du denn werden, wenn du groß bist?«, fragte ich, um ein Gespräch mit meinem Sohn anzuknüpfen.

»Fahrer.«

»Fährst du gern Auto?«

»Furchtbar gern. Bloß nimmt mich niemand mit, wenn ich die Hand hebe.«

»Aber ich nehm dich morgen mit, willst du?«

»Ja. Ich geb dir mein Knöchelspiel dafür!« Er rannte ins Nebenzimmer, um die Knöchel zu holen.

Draußen züngelten Flammen aus dem Samowar. Asselj und Baitemir unterhielten sich über etwas.

Samat brachte die versprochenen Knöchel in einem Beutelchen aus Schafleder.

»Such dir welche aus, Onkel!« Er schüttete seine buntbemalten Reichtümer vor mich hin.

Gern hätte ich mir einen Knöchel als Andenken eingesteckt, wagte es aber nicht. Die Tür öffnete sich, und Baitemir kam mit dem siedenden Samowar herein. Asselj folgte ihm. Sie brühte den Tee auf, während Baitemir ein rundes Tischchen mit niedrigen Beinen auf den Filz stellte und ein Tischtuch auflegte. Samat und ich sammelten die Knöchel ein und taten sie wieder in den Beutel.

»Seine Schätze hat er gezeigt, ach, du mein kleiner Angeber!« Zärtlich zog Baitemir Samat am Ohr.

Dann saßen wir um den Samowar. Asselj und ich taten, als sähen wir uns zum ersten Mal. Wir zwangen uns, ruhig zu erscheinen, und schwiegen meist. Samat hatte es sich auf Baitemirs Schoß bequem gemacht und schmiegte sich an ihn, wobei sein Gesicht Baitemirs Schnurrbart berührte: »Och, immer bist du kratzig, Papa!«

Es fiel mir schwer, unerkannt neben meinem Sohn zu sitzen und zuzuhören, wie er einen anderen Mann »Vater« nannte.

Es war schwer, neben Asselj, meiner geliebten Asselj, zu sitzen und nicht einmal das Recht zu haben, ihr gerade in die Augen zu sehen. Wie mochte sie hierhergeraten sein? Hatte sie ihn lieb gewonnen und geheiratet? Was konnte ich schon erfahren, wenn sie sich nicht einmal anmerken ließ, dass sie mich kannte; sie tat, als wäre ich ein wildfremder, ihr unbekannter Mann. War es möglich, dass sie mich so hasste? Und Baitemir? Erriet er tatsächlich nicht, wer ich war? Entging ihm Samats Ähnlichkeit mit mir? Warum erwähnte er nicht einmal unsere Begegnung auf dem Pass, als wir den Wagen abgeschleppt hatten? Oder hatte er sie wirklich vergessen?

Noch schlimmer wurde es, als wir uns schlafen legten. Sie richtete mir das Lager auf dem Filzbelag, wo wir gegessen hatten. Das Gesicht zur Wand gedreht, lag ich da.

Der Lampendocht war heruntergeschraubt, Asselj räumte das Geschirr ab.

»Asselj!«, rief Baitemir leise aus dem Nebenzimmer.

Asselj trat an die halb geöffnete Tür.

»Vielleicht wäschst du ihm sein Hemd aus?«

Sie nahm mein blutbeflecktes Hemd und begann es zu waschen. Doch plötzlich ging sie ins Nebenzimmer zu Baitemir. Leise hörte ich sie fragen: »Habt ihr das Wasser aus dem Kühler abgelassen? Es kann nachts einfrieren.«

»Ja, Kemel hats abgelassen«, antwortete Baitemir ebenso leise. »Dem Wagen ist nicht viel passiert. Morgen bringen wir ihn in Ordnung.«

Daran hatte ich überhaupt nicht gedacht, mir war nicht nach Kühlern und Motoren.

Asselj wusch das Hemd fertig und hängte es über den Herd. Seufzend löschte sie die Lampe und ging hinaus.

Es war dunkel. Niemand von uns schlief, jeder hing seinen Gedanken nach. Baitemir lag mit dem Sohn in einem Bett. Er brummelte irgendetwas Zärtliches und deckte Samat sorgsam zu, wenn er sich im Schlaf bloßstrampelte. Zuweilen hörte ich Asselj leise seufzen. Ich glaubte in der Dunkelheit ihre feuchtglänzenden Augen zu sehen. Sicher weinte sie. An was, an wen mochte sie denken? Sie hatte jetzt drei Menschen … Vielleicht dachte sie, ebenso wie ich, an all das Schöne und Schwere, das uns verband. Doch jetzt war sie für mich unerreichbar, unerreichbar waren auch ihre Gedanken. Asselj hatte sich verändert in diesen Jahren, verändert hatten sich auch ihre Augen. Es waren nicht mehr die vertrauensvoll strahlenden, treuherzigen Augen von früher. Sie blickten strenger. Und doch war Asselj dieselbe für mich geblieben, sie war noch immer meine Steppenpappel im roten Kopftuch. Jeder ihrer Züge, jede ihrer Bewegungen war mir lieb und vertraut. Umso bitterer war mir zumute. Verzweifelt grub ich das Gesicht ins Kissen und lag schlaflos bis zum Morgen.

Am Himmel schwamm der Mond und tauchte in die heraufziehenden Wolken.

Asselj und Baitemir standen früh auf und gingen in den Hof, um die Wirtschaft zu besorgen. Ich erhob mich ebenfalls. Ich musste fort. Leise schlich ich mich an Samats Bett, küsste ihn und verließ rasch das Zimmer.

Auf dem Hof kochte Asselj Wasser in einem großen Kessel, der auf einigen Steinen stand. Baitemir hackte Holz.

Schweigend gingen wir zum Wagen.

Wie sich jetzt herausstellte, war ich gegen die Begrenzungspfähle gefahren. Zwei von ihnen lagen herausgerissen auf der Straße. Ein Scheinwerfer war kaputt, der eine Kotflügel und die Kühlerverkleidung hatten Beulen, ein Rad schleifte. Mit Stemmeisen und Hammer brachten wir den Schaden einigermaßen in Ordnung. Aber dann begann eine lange, qualvolle Arbeit. Der Motor war ausgekühlt und wollte nicht anspringen. Wir wärmten die Ölwanne mit brennendem Werg an und drehten mit beiden Händen die Kurbel durch. Unsere Schultern berührten sich, die brennenden Hände umklammerten ein und denselben Griff, wir atmeten uns an, verrichteten eine Arbeit und dachten vielleicht auch an ein und dasselbe.

Der Motor rührte sich nicht. Uns ging schon der Atem aus. Da brachte Asselj zwei Eimer heißes Wasser, stellte sie wortlos vor mich hin und ging wieder weg. Ich goss das Wasser in den Kühler. Wieder und wieder drehten Baitemir und ich die Kurbel, endlich begann der Motor zu tuckern. Ich kletterte ins Fahrerhaus. Der Motor lief unregelmäßig, dauernd setzte er aus. Baitemir war gerade dabei, die Zündkerzen zu prüfen, als atemlos Samat angelaufen kam, im offenen Mäntelchen. Er lief um den Wagen herum und wollte mitfahren. Asselj kam hinterher, hielt den Sohn fest und blieb, ohne ihn loszulassen, neben dem Fahrerhaus stehen. Sie schaute mich so vorwurfsvoll, schmerzerfüllt und mitleidig an, dass ich bereit gewesen wäre, jede Marter auf mich zu nehmen, hätte ich nur damit meine Schuld wiedergutmachen und sie wiedergewinnen können. Ich beugte mich aus der offenen Tür.

»Asselj! Nimm den Sohn, steig ein! Ich will dich mitnehmen, wie damals, für immer! Steig ein!«, flehte ich beim Dröhnen des Motors.

Asselj sagte nichts, sie schlug die tränenverschleierten Augen nieder und schüttelte den Kopf.

»Wir wollen mitfahren, Mama!« Samat zog sie an der Hand. »Spazieren fahren!«

Ohne sich umzusehen, ging sie mit gesenktem Kopf davon. Samat aber zerrte sie immer wieder zurück, er wollte nicht weg.

»Fertig!«, rief Baitemir, klappte die Motorhaube herunter und reichte mir das Werkzeug ins Fahrerhaus. Ich fuhr ab. Wieder hatte ich das Lenkrad in den Händen, wieder die Straße und die Berge vor mir, der Wagen trug mich fort, ihm war es einerlei.

So fand ich Asselj und meinen Sohn auf dem Pass wieder. Und so trennten wir uns. Auf der ganzen Fahrt nach China und zurück bis zur Grenze zerbrach ich mir den Kopf und konnte keine Lösung finden. Ich war völlig erschöpft von der ausweglosen Grübelei. Jetzt musste ich endgültig fort, ich durfte nicht länger bleiben. Das war mein fester Entschluss. Als ich auf der Rückfahrt an der Straßenmeisterei vorbeikam, erblickte ich Samat. Er spielte mit einem Jungen und einem Mädchen, die etwas älter waren als er, aus Steinen bauten sie Höfe und Viehhürden. Vielleicht hatte ich sie schon früher an der Straße gesehen, war ich fast täglich dicht an meinem Sohn vorbeigefahren, ohne es auch nur zu ahnen. Ich hielt an.

»Samat!«, rief ich. Ich wollte ihn sehen. Die Kinder kamen angerannt.

»Onkel, bist du gekommen, um uns spazieren zu fahren?«, rief Samat erfreut.

»Ja, ich fahr euch ein Stückchen«, sagte ich.

Sofort krabbelten die drei auf den Sitz.

»Das ist unser Bekannter«, brüstete sich Samat vor seinen Freunden.

Ich fuhr sie ein kurzes Stückchen spazieren und empfand dabei sicherlich mehr Glück und Freude als die Kinder selbst. Dann setzte ich sie ab.

Die Kinder rannten los, ich hielt Samat zurück.

»Warte, Samat, ich will dir noch was sagen!« Damit hob ich ihn hoch, schwenkte ihn durch die Luft, schaute ihm lange in die Augen, presste ihn an die Brust, küsste ihn und stellte ihn wieder auf die Straße.

»Und wo ist der Säbel? Hast du ihn mitgebracht, Onkel?«, erinnerte mich Samat an mein Versprechen.

»O weh, den hab ich ganz vergessen, Söhnchen! Das nächste Mal bring ich ihn mit«, versprach ich.

»Dann vergisst du es aber nicht, nein, Onkel? Wir spielen immer hier, an dieser Stelle.«

»Gut. Aber nun lauf!«

In der Tischlerei des Wagenparks schnitzte ich drei Kindersäbel und nahm sie anderntags mit.

Die Kinder warteten schon auf mich. Wieder fuhr

ich sie ein Stückchen spazieren. So begann meine Freundschaft mit meinem Sohn und seinen Spielgefährten.

Sie gewöhnten sich rasch an mich und liefen mir schon von Weitem um die Wette entgegen.

»Der Wagen, unser Wagen kommt!«

Neue Lebenskraft erwachte in mir, ich wurde wieder Mensch. Jede Tour begann ich mit einem frohen Gefühl im Herzen, wusste ich doch, dass mein Sohn mich erwartete, und konnte ich doch wenigstens zwei Minuten neben ihm im Fahrerhaus sitzen. Ich hatte nur den einen Gedanken: rechtzeitig zu meinem Sohn zu kommen. Stets richtete ich meine Fahrten so ein, dass ich am Tage über den Pass fuhr. Es waren warme Frühlingstage, die Kinder spielten ständig draußen, sodass ich sie häufig an der Straße traf. Ich war so glücklich, dass es mir schien, ich lebte und arbeitete nur dazu. Manchmal jedoch presste namenlose Furcht mir das Herz ab. Vielleicht wussten sie in der Straßenmeisterei, dass ich die Kinder spazieren fuhr, vielleicht auch nicht, jedenfalls konnten sie meinem Sohn jederzeit jede Begegnung mit mir verbieten und ihm untersagen, an der Straße zu spielen. Innerlich flehte ich Asselj und Baitemir an, mir wenigstens diese kleine Freude zu gönnen und mich nicht dieser kurzen Glücksminuten zu berauben. Doch eines Tages geschah es …

Der Erste Mai rückte heran. Ich wollte meinem

Sohn zum Fest etwas schenken und kaufte ihm einen kleinen Lastwagen zum Aufziehen, wurde jedoch im Wagenpark aufgehalten, kam erst spät los und fuhr dann sehr schnell, um den Zeitverlust aufzuholen. Vielleicht hatte ich deshalb das unangenehme Vorgefühl, ich war besorgt und aufgeregt. Als die Straßenmeisterei in Sicht kam, holte ich das Päckchen hervor, legte es neben mich auf den Sitz und sonnte mich in der Vorstellung, wie sich Samat freuen würde. Er hatte weit schönere Spielsachen, aber das war ein besonderes Geschenk – von einem befreundeten Fahrer für einen kleinen Jungen, der davon träumte, ebenfalls Fahrer zu werden. Doch Samat war nirgends zu sehen. Seine Spielgefährten kamen allein angelaufen. Ich stieg aus.

»Wo ist denn Samat?«

»Zu Hause, er ist krank«, antwortete der Junge.

»I wo, er ist ja gar nicht krank«, erklärte das Mädchen mit altkluger Stimme. »Seine Mama lässt ihn nicht mehr her!«

»Wieso?«

»Ich weiß nicht. Sie sagt, er darf nicht mehr her.« Ich verfärbte mich: Das war das Ende. »Nimm, bring ihm das.« Ich reichte dem Jungen das Päckchen, überlegte es mir aber im selben Augenblick anders.

»Nein, lieber nicht.« Ich nahm ihm das Päckchen wieder aus der Hand und ging niedergeschmettert zum Wagen.

»Warum fährt uns der Onkel denn nicht spazieren?«, fragte der Junge sein Schwesterchen.

»Er ist krank«, antwortete sie mit gerunzelter Stirn.

Sie hatten es erraten. Es nahm mich mehr mit als jede Krankheit. Während der ganzen Fahrt grübelte ich darüber nach, warum Asselj wohl so erbittert gegen mich war. Hatte sie nicht wenigstens, wie schlecht ich auch sein mochte, ein Fünkchen Mitleid mit mir? Nein, ich konnte es nicht glauben, das passte nicht zu Asselj, es musste andere Gründe haben. Bloß welche? Woher sollte ich das wissen. Ich versuchte mir einzureden, dass mein Sohn tatsächlich für ein paar Tage das Bett hüten müsse. Warum sollte ich dem Jungen nicht glauben? Schließlich glaubte ich so fest daran, dass mich die Vorstellung zu verfolgen begann, wie sich der Kleine in Fieberträumen hin und her wälzte. Vielleicht konnte ich helfen, eine Arznei besorgen oder ihn ins Krankenhaus fahren? Schließlich wohnten sie am Pass und nicht in der Großstadt!

Die quälenden Gedanken hatten mich völlig erschöpft. Ich drehte um, ohne zu wissen, was ich tun konnte, wie ich mich verhalten sollte. Nur eins wusste ich: Ich musste so schnell wie möglich zu meinem Sohn. Ich glaubte fest daran, dass ich ihn sehen würde, mein Herz sagte es mir. Da ging mir, wie zum Trotz, das Benzin aus, und ich war gezwungen, an der Tankstelle des Umschlagpunkts haltzumachen.

Mein Reisegefährte verstummte. Seufzend fuhr er sich mit der Hand über das erhitzte Gesicht, schloss das Fenster und steckte sich – zum wie vielten Male schon? – eine neue Zigarette an.

Es war lange nach Mitternacht. Außer uns schlief sicher schon alles im Zug. Die Räder hämmerten ihr endloses Lied auf die Schienen, draußen eilte die helle Sommernacht vorüber und flogen die Lichter kleiner Bahnstationen vorbei. Das laute Pfeifen der Lokomotive zerriss die nächtliche Stille.

In dem Augenblick wandten Sie sich mit Ihrer Bitte an mich, Agai, und ich nahm Sie nicht mit. Begreifen Sie jetzt, warum? Sie blieben an der Tankstelle zurück und überholten mich dann in einem Pobeda. Das hab ich noch mitgekriegt. Ich war furchtbar aufgeregt. Meine Vorahnung hatte mich nicht getäuscht, Samat wartete an der Straße. Sobald er den Wagen erblickte, kam er angerannt.

»Onkel! Onkel Fahrer!«

Mein Junge war gesund! War ich glücklich, ich konnte mich gar nicht fassen vor Freude!

Ich hielt an, sprang aus dem Wagen und lief ihm entgegen.

»Was war denn mit dir, warst du krank?«

»Nein, Mama hat mich nicht weggelassen. Sie sagt, ich soll nicht mit dir mitfahren, und da hab ich geweint«, beklagte sich Samat.

»Na, und wie bist du jetzt hergekommen?«

»Papa hat gesagt, ich darf.«

»Wie denn …«

»Und ich hab gesagt, ich werd auch mal Fahrer.«

»Das wirst du auch, und was für einer! Weißt du, was ich dir mitgebracht habe?« Ich holte das Auto hervor. »Schau mal, ein richtiger Lastwagen, gerade das Richtige für so einen kleinen Fahrer wie dich!«

Der Kleine strahlte übers ganze Gesicht.

»Ich kann doch immer, immer mit dir mitfahren, ja, Onkel?« Er sah mich flehend an.

»Aber natürlich, immer!«, versicherte ich. »Wenn du willst, nehm ich dich am Ersten Mai mit in die Stadt, wir schmücken den Wagen mit Fähnchen, und nachher bring ich dich wieder nach Hause.«

Schwer zu sagen, warum ich damals so sprach, was mich dazu berechtigte, und vor allem, warum ich plötzlich selbst daran glaubte. Ich ging sogar noch weiter.

»Und wenns dir gefällt, bleibst du überhaupt bei mir«, schlug ich meinem Sohn ernsthaft vor. »Wir wohnen im Fahrerhaus, ich nehm dich überallhin mit, und wir trennen uns überhaupt nicht mehr. Willst du?«

»Na klar!« Samat war sofort einverstanden. »Wir

wohnen im Auto! Wir wollen losfahren, Onkel, gleich!«

Zuweilen werden Erwachsene wie Kinder. Wir stiegen ein. Zögernd schaltete ich die Zündung ein und drückte auf den Anlasser. Samat war selig, er pufffte mich, schmiegte sich an mich und saß keine Minute still. Wir fuhren los. Samat wurde immer übermütiger, bald erzählte er mir etwas, bald zeigte er auf den Lenker und die Knöpfe am Armaturenbrett. Ich wurde ebenfalls übermütig. Doch ich besann mich, und das Blut stieg mir ins Gesicht. Was tat ich da! Ich bremste, aber Samat ließ mich nicht anhalten.

»Schneller, Onkel, fahr schneller!«, bat er. Wie sollte ich den glückstrahlenden Kinderaugen widerstehen? Ich gab Gas. Kaum war der Wagen in voller Fahrt, als vorn ein Grader auftauchte. Die Straße wurde ausgebessert. Der Grader kam uns entgegen, und dahinter, am Ende der Baustelle, stand Baitemir. Er streute aus einem Karren Teersplitt auf die Fahrbahn.

Ich verlor den Kopf. Ich wollte halten, aber es war schon zu spät, zu weit hatte ich den Kleinen mitgenommen. Tief übers Lenkrad gebeugt, raste ich vorbei.

Baitemir hatte uns nicht bemerkt, er arbeitete, ohne den Kopf zu heben, schließlich kamen viele Wagen durch. Aber Samat hatte ihn entdeckt.

»Dort steht Papa! Los, Onkel, wir nehmen Papa mit, ja? Halt an, ich ruf ihn.«

Ich schwieg. Jetzt anzuhalten war unmöglich. Was sollte ich Baitemir sagen? Samat schaute zurück, erschrak und begann zu weinen: »Ich will zu Papa! Halt an, ich will zu meinem Papa! Ich will nicht weiter, halt an! Mama …«

Ich machte hinter einer Kurve halt und bemühte mich, meinen Sohn zu beruhigen.

»Nicht weinen, Samat, na, nicht weinen. Gleich fahren wir zurück. Nicht mehr weinen!«

Doch das erschreckte Kind wollte nichts hören.

»Nein, ich will nicht weiter! Ich will zu Papa! Mach auf!« Er bummerte gegen den Wagenschlag. »Mach auf, ich will zu Papa! Mach auf!«

Da hatte ich mir was Schönes eingebrockt.

»Hör doch auf zu weinen«, bat ich. »Ich mach ja gleich auf. Sei lieb, ich bring dich ja zu deinem Papa. Komm, steig aus, wir gehen hin!«

Samat sprang aus dem Wagen und rannte heulend die Straße entlang. Ich hielt ihn fest.

»Warte! Wisch dir erst die Tränen ab. Nicht weinen. Bitte, bitte, liebes Söhnchen, nicht weinen! Wo ist denn dein Auto? Sieh mal!« Mit zitternden Händen zog ich das Auto auf. »Sieh, das will zu dir, halt es fest!« Der kleine Lastwagen rollte ein Stück, stieß gegen einen Stein, überschlug sich und fiel in den Straßengraben.

»Ich will nicht!« Immer lauter heulend, rannte Samat weiter, ohne sich nach mir umzusehen.

Ich hatte einen Kloß im Hals. Ich wollte meinen Sohn einholen.

»Warte, nicht weinen, Samat! Warte doch, ich bin dein … ich bin dein … du weißt doch …!« Aber das Wort wollte mir nicht über die Lippen.

Ohne sich noch einmal umzusehen, verschwand Samat hinter der Kurve. Ich lief bis zur Biegung, dort blieb ich stehen und sah meinem Sohn nach.

Samat rannte auf den arbeitenden Baitemir zu und umklammerte seine Knie. Baitemir kauerte sich hin, umarmte den Kleinen und drückte ihn an sich. Der Junge legte ihm die Ärmchen um den Hals und sah ängstlich in meine Richtung.

Dann nahm ihn Baitemir an die Hand, schulterte den Spaten, und so gingen sie die Straße entlang, der große und der kleine Mann.

Lange stand ich da und sah ihnen nach, dann ging ich zurück. Neben dem Spielzeugauto machte ich halt. Es lag mit den Rädern nach oben im Straßengraben. Tränen rannen mir übers Gesicht. »Nun ist alles aus!«, sagte ich zu meinem Wagen und strich wehmütig über die Motorhaube. Ich spürte die Wärme des Motors. Der Wagen hatte etwas Vertrautes für mich, er war Zeuge meiner letzten Begegnung mit meinem Sohn.

Iljas erhob sich und trat auf den Gang hinaus.

»Ich will ein bisschen frische Luft schnappen«, sagte er.

Ich blieb im Abteil zurück. Hinter dem Fenster schwankte als heller Streifen der Morgenhimmel. Telegrafenmasten huschten vorüber. Ich löschte das Licht. Ich lag da und dachte darüber nach, ob ich Iljas das, was ich bereits wusste, was ihm aber unbekannt war, erzählen sollte oder nicht. Doch er kam nicht wieder. So behielt ich es für mich.

Den Straßenmeister Baitemir hatte ich zu einem Zeitpunkt kennengelernt, als Iljas bereits wusste, dass Asselj und sein Sohn am Pass wohnten.

Im Pamir wurde eine Delegation kirgisischer Straßenbauer erwartet. Im Zusammenhang damit hatte eine tadschikische Zeitung mir den Auftrag erteilt, eine Skizze über die im Gebirge eingesetzten kirgisischen Straßenbauer zu schreiben. Zu den Delegierten gehörte Baitemir Kulow, einer der besten Straßenarbeiter.

Ich fuhr zum Dolon, um ihn kennenzulernen.

Unsere erste Begegnung war unerwartet und für mich äußerst vielversprechend. Auf dem Pass wurde unser Bus von einem Arbeiter mit einer roten Flagge angehalten. Kurz zuvor war ein Erdrutsch niedergegangen, und die Straße wurde gerade geräumt. Ich stieg aus dem Bus und ging zu den Straßenarbeitern.

Eine Planierraupe schob Erdreich an die Böschung. Wo sie nicht wenden konnte, waren Arbeiter mit Stampfern und Schaufeln am Werk. Ein Mann in Regenumhang und Stiefeln ging neben der Planierraupe her und gab dem Fahrer Kommandos: »Mehr links! Hier noch mal! Jetzt nach rechts! Gut so! Stopp! Zurück!«

Die Straße war schon fast wieder in Ordnung, die Böschung war bereits befestigt und die Fahrbahn geräumt. Auf beiden Seiten der Unglücksstelle standen lange Wagenschlangen, die Fahrer hupten ungeduldig, schimpften und verlangten, die Straße freizugeben, während der Mann im Regenumhang seelenruhig seine Anordnungen traf, ohne sie zu beachten. Immer wieder ließ er die Planierraupe über dieselben Stellen fahren und den Schotter glattwalzen. Das ist sicher Baitemir, der versteht was von seinem Fach, vermutete ich. Ich hatte recht, es war tatsächlich Baitemir Kulow. Endlich gab er die Straße frei, und die Wagen fuhren vorbei.

»Was ist denn mit Ihnen, der Bus ist doch schon weg?«, fragte mich Baitemir.

»Ich wollte zu Ihnen.«

Baitemir ließ sich seine Überraschung nicht anmerken und reichte mir mit schlichter Würde die Hand.

»Seien Sie mir willkommen als mein Gast.«

»Ich komme dienstlich zu Ihnen«, entgegnete ich.

»Wissen Sie, dass unsere Straßenbauer nach Tadschikistan fahren sollen?«

»Ich habe davon gehört.«

»Ich wollte Sie gern vor Ihrer Reise in den Pamir interviewen.« Je länger ich sprach, um den Zweck meines Kommens zu erläutern, desto finsterer blickte Baitemir drein.

»Dass Sie gekommen sind, ist zu begrüßen«, sagte er, »aber in den Pamir fahre ich nicht, und es lohnt sich auch nicht, über mich zu schreiben.«

»Wieso? So viel zu tun? Oder ist zu Hause etwas?«

»Zu tun? Natürlich! Die Straße – Sie sehen ja. Und zu Hause?« Er verstummte und holte Zigaretten hervor. »Zu Hause gibts auch dies und jenes, wie überall, ich hab Familie … Aber in den Pamir fahre ich nicht.«

Ich bemühte mich, ihn umzustimmen, und erklärte ihm, wie wichtig es sei, dass ein solcher Straßenmeister wie er zur Delegation gehörte. Baitemir hörte zwar höflich zu, ließ sich jedoch nicht von seinem Entschluss abbringen.

Ich ärgerte mich, vor allem über mich selbst. Diesmal hatte mich mein Fingerspitzengefühl als Journalist im Stich gelassen, ich hatte den Mann nicht von der richtigen Seite angepackt. Nun konnte ich unverrichteter Dinge, ohne den Auftrag der Redaktion erfüllt zu haben, wieder abfahren.

»Dann entschuldigen Sie, ich fahr wieder los, es wird schon ein Wagen vorbeikommen.«

Baitemir schaute mich mit seinen ruhigen, klugen Augen aufmerksam an und lächelte.

»Ihr Städter vergesst die alten kirgisischen Sitten. Ich besitze Haus, Familie, Dastorkon und Nachtlager. Wenn Sie schon zu mir gekommen sind, werden Sie erst morgen aus meinem Hause fortfahren, nicht aber von der Straße weg. Kommen Sie, ich bringe Sie zu meiner Frau und meinem Sohn. Nehmen Sies mir nicht übel, ich muss vor Einbruch der Dunkelheit noch die Strecke abgehen, Dienst ist Dienst. Ich beeile mich.«

»Warten Sie«, bat ich, »ich möchte Sie begleiten.«

Baitemir blinzelte mir verschmitzt zu und musterte meinen Straßenanzug. »Wird Ihnen das nicht zu unbequem, das Ziel ist weit und die Straße steil.«

»Das macht nichts.«

Wir gingen los. An jeder Brücke, jeder Kurve, an Schluchten und überhängenden Felsen machten wir halt. Dabei kamen wir ins Gespräch.

Bis auf den heutigen Tag weiß ich nicht, wodurch ich Baitemirs Vertrauen und Sympathie gewonnen habe. Er erzählte mir seine ganze Geschichte und die Geschichte seiner Familie.

Die Geschichte des Straßenmeisters

Sie haben mich gefragt, warum ich nicht in den Pamir fahren will. Ich stamme aus dem Pamir, bin aber hierher in den Tienschan verschlagen worden. Ein halbes Kind noch, kam ich im Komsomolaufgebot zum Bau der Pamirstraße. Namentlich wir Jungen arbeiteten mit Begeisterung. Das war schließlich etwas, eine Straße durch den Pamir! Ich wurde Aktivist, bekam Prämien und Auszeichnungen. Aber das nur nebenbei.

Auf dem Bau lernte ich ein Mädchen kennen, das ich sehr lieb gewann. Sie hatte Herz und Verstand. Sie war aus einem Ail auf den Bau gekommen, das war damals nicht leicht für ein kirgisisches Mädchen. Auch heute noch haben es unsere Mädchen nicht immer leicht, Sie kennen ja selbst die Fesseln der alten Bräuche! So verging ein Jahr. Der Straßenbau näherte sich dem Ende, es wurden Kräfte für den Straßendienst gebraucht. Das Bauen ist nur die eine Hälfte der Sache, ist die Straße fertig, muss sie überwacht und instand gehalten werden. Bei uns arbeitete ein junger Ingenieur, ein gewisser Chussainow, er ist auch jetzt noch beim Straßenbau, ist inzwischen ein hohes Tier geworden. Wir waren Freunde. Chussainow gab mir den Rat, zu Lehrgängen zu fahren. Ich dachte, Gulbara würde nicht so lange auf mich warten und in den Ail zurückkehren, aber nein, sie wartete geduldig. Nach meiner Wiederkehr heirateten wir und übernahmen eine Straßenmeisterei. Wir führten eine gute Ehe. Sie müssen wissen, was ein gutes Familienleben, eine gute Frau, für die Straßenarbeiter in den Bergen bedeutet. Später hab ich das am eigenen Leibe gespürt. Wenn ich meine Arbeit fürs ganze Leben lieb gewann, so hatte meine Frau keinen geringen Anteil daran. Sie schenkte mir ein Töchterchen, dann ein zweites, da brach der Krieg aus.

Die Pamirstraße ähnelte damals einem Fluss, der Hochwasser führt. Ein Menschenstrom flutete ins Tal – zur Armee!

Die Reihe kam auch an mich. Meine Familie gab mir das Geleit. Mein jüngstes Töchterchen trug ich auf dem Arm, das größere ging neben mir her und hielt meine Hand umklammert. Gulbara, meine arme Gulbara! Sie nahm sich zusammen, bemühte sich, ruhig zu erscheinen, und trug meinen Rucksack, doch ich wusste, was es für sie hieß, in der Gebirgseinöde mit zwei kleinen Kindern allein zu bleiben. Ich wollte sie in den Ail zu ihren Verwandten schicken, doch Gulbara lehnte ab. »Wir kommen schon durch und warten auf dich, zudem kann auch die Straße nicht ohne Aufsicht bleiben«, sagte sie. Zum letzten Mal standen wir an der Chaussee. Ich sah meine Frau und meine Kinder an und nahm Abschied. Damals waren Gulbara und ich noch ganz jung, wir hatten gerade zu leben begonnen.

Ich kam in ein Pionierbataillon. Ich weiß nicht mehr, wie viel Straßen, Brücken und Übergänge wir gebaut haben! Über den Don, über die Weichsel und über die Donau sind wir gezogen. Wir arbeiteten in eiskaltem Wasser, in Qualm und Feuer, während ringsum Granaten krepierten, Brücken in die Luft flogen und Menschen umkamen, und manchmal, am Ende meiner Kraft, dachte ich, der Tod wäre eine Erlösung! Aber dann sah ich die meinen vor mir, die in den Bergen auf mich warteten, und das gab mir neue Kraft. Nein, nicht dazu war ich aus dem Pamir hierhergekommen, um unter irgendeiner Brücke zu sterben. Mit den Zähnen verknotete ich den immer wieder wegrutschenden Draht an den Trägern und ergab mich nicht. Ohne eine Verwundung kam ich fast bis Berlin.

Meine Frau schrieb mir oft, zum Glück fuhr das Postauto an der Straßenmeisterei vorbei. Sie berichtete von allem sehr ausführlich. Sie war an meine Stelle als Straßenmeister getreten. Ich wusste, dass es schwer für sie war, handelte es sich doch nicht um irgendeine Straße, sondern um die Straße durch den Pamir.

Im Frühjahr 1945 rissen die Nachrichten von daheim plötzlich ab. Bekanntlich pflegt an der Front alles vorzukommen, tröstete ich mich. Eines Tages rief man mich in den Regimentsstab. Hast gekämpft und Auszeichnungen erhalten, dafür unseren Dank, Feldwebel, und nun ab nach Hause, dort wirst du jetzt nötiger gebraucht. Ich freute mich natürlich und schickte sogar ein Telegramm. In meiner Freude dachte ich gar nicht darüber nach, warum ich vorzeitig aus der Armee entlassen wurde.

In der Heimat angelangt, fuhr ich gar nicht erst ins Kriegskommissariat; dazu hatte ich immer noch Zeit! Ich wollte nach Hause, so schnell wie möglich nach Hause! Ein Anderthalbtonner nahm mich mit.

An das schnelle Tempo der Armeefahrzeuge gewöhnt, wünschte ich mir jetzt Flügel und trieb den Fahrer an: »Drück auf die Tube, Freund, deinem Klapperkasten wird schon nichts passieren! Es geht nach Hause!«

Schon waren es nur noch einige hundert Meter. Hinter der nächsten Kurve musste die Straßenmeisterei liegen. Ich konnte es nicht mehr erwarten, sprang in voller Fahrt vom Wagen, warf den Rucksack über und rannte los. Ich rannte und rannte, brachte die Kurve hinter mich und wollte meinen Augen nicht trauen: Von der Straßenmeisterei war nichts zu sehen. Dabei schien alles an seinem Platz zu sein, die Berge und die Straßen, nur das Haus war nicht mehr da. Ringsum keine Menschenseele, bloß ein Haufen Steine. Das Haus hatte ein wenig abseits von der Straße am Fuß eines Berges gestanden. Als ich den Blick zum Bergesgipfel erhob, erstarrte ich. Eine Schneelawine war herabgestürzt und hatte alles auf ihrem Weg zermalmt. Es sah aus, als hätte eine Krallentatze die Erde vom Berghang gerissen und unten im Tal eine tiefe Furche aufgepflügt. In ihrem letzten Brief hatte meine Frau mir geschrieben, dass es viel Schnee gegeben und plötzlich Regen eingesetzt hätte. Man hätte die Wechten sprengen müssen, aber das war schließlich keine Frauenarbeit …

Das war also meine Heimkehr! Tausendmal hatte ich dem Tod ins Auge gesehen, lebend war ich aus der Hölle zurückgekehrt, aber die meinen waren nicht mehr … Ich stand da und konnte mich nicht rühren, ich wollte schreien, schreien, dass die Berge erbebten, doch kein Laut kam aus meiner Kehle. Mir war, als sei alles Leben aus mir gewichen, als sei ich ein Stück Stein. Der Rucksack glitt mir von der Schulter. Ich ließ ihn liegen mit den Geschenken, die ich für meine Töchter und meine Frau mitgebracht hatte, unterwegs hatte ich noch irgendwelchen Kram gegen Kandiszucker eingetauscht. Lange stand ich so, als wartete ich auf ein Wunder. Schließlich kehrte ich um und trottete zurück. Einmal blieb ich stehen und sah mich um. Die Berge wankten, kamen auf mich zu und wollten mich erdrücken. Ich stieß einen

Schrei aus und rannte davon! Weg! Weg von dem verfluchten Ort! Endlich kamen mir die erlösenden Tränen.

Ich weiß nicht mehr, wo ich überall herumgelaufen bin, am dritten Tag stand ich jedenfalls wieder auf dem Bahnhof. Wie ein Verlorener irrte ich durch die Menschenmenge. Plötzlich rief mich ein Offizier beim Namen. Als ich aufblickte, stand Chussainow vor mir, er war demobilisiert worden und kehrte nach Hause zurück. Ich erzählte ihm von meinem Unglück. »Und wo willst du jetzt hin?«, fragte er mich. Das wusste ich selber nicht. »Komm«, sagte er, »ich lass dich nicht allein. Wir fahren zum Straßenbau in den Tienschan, dort werden wir weitersehen.«

So kam ich hierher. Die ersten Jahre baute ich Straßenbrücken. Die Zeit verging, ich musste endlich irgendwo Fuß fassen. Damals saß Chussainow bereits im Ministerium. Er kam oft bei mir vorbei und riet mir, meine frühere Arbeit als Straßenmeister wieder aufzunehmen. Doch ich konnte mich nicht dazu entschließen, ich fürchtete die Erinnerungen. Beim Straßenbau war ich nie allein, unter Menschen war alles leichter. Dort aber wäre ich meinem Kummer überlassen. Ich hatte noch immer nicht zu mir selbst gefunden, die Vergangenheit ließ mich nicht los, als wäre das Leben mit ihr zu Ende und als gäbe es keine Zukunft mehr. An eine neue Ehe dachte ich überhaupt nicht. Ich hatte meine Gulbara und die Kinder sehr geliebt, und mir schien, dass niemand sie mir ersetzen könnte. Und heiraten, nur um zu heiraten, das war nichts, lieber blieb ich allein.

Schließlich entschloss ich mich doch, eine Straßenmeisterei zu übernehmen, wegfahren konnte ich immer noch, wenn es mir nicht gefiel. Ich erhielt die Straßenmeisterei hier auf dem Pass. Allmählich lebte ich mich ein. Vielleicht tat es mir gerade gut, dass die Arbeit hier schwieriger ist und viel Scherereien mit sich bringt. Mit der Zeit verlor der Schmerz seinen Stachel. Nur manchmal verfolgte mich ein Traum: Versteinert stehe ich an der Stelle, wo einmal mein Haus gestanden hat, und spüre, wie mir der Rucksack von der Schulter gleitet. Nach solchen Nächten verließ ich in aller Herrgottsfrühe das Haus, inspizierte die Straße und kehrte erst am späten Abend heim. Ich war immer allein. Zuweilen freilich regte sich schüchtern der Gedanke in mir: Vielleicht wartet doch noch irgendwo das Glück auf dich?

Und eines Tages, als ich es am wenigsten erwartet hatte, stellte es sich ein, ein schweres, qualvolles Glück.

Es mag jetzt etwa vier Jahre her sein, dass die Mutter meines Nachbarn plötzlich erkrankte. Er selbst konnte schwer abkommen zu Hause, die Arbeit, die Familie, die Kinder, aber dem Muttchen ging es von Tag zu Tag schlechter. Da beschloss ich, mit ihr zum Arzt zu fahren. Als ein Wagen vom Straßenbauamt kam, um etwas für die Straßenmeisterei zu bringen, fuhren wir mit in die Stadt. Die Ärzte wollten das Muttchen ins Krankenhaus einweisen, aber sie wollte nichts davon hören. »Ich will zu Hause sterben«, sagte sie, »wenn du mich nicht wieder mitnimmst, verfluch ich dich.«

Ich musste sie also wieder zurückbringen. Es war schon später Abend. Am Umschlagpunkt hielt der Fahrer plötzlich an. Ich hörte ihn fragen: »Wohin möchten Sie denn?«

Eine Frauenstimme antwortete irgendetwas.

»Steigen Sie ein«, sagte der Fahrer. »Na, kommen Sie schon.«

Eine junge Frau mit einem Kind auf dem Arm und einem kleinen Bündel trat heran. Ich half ihr auf den Wagen, überließ ihr den windgeschützten Platz hinterm Fahrerhaus und setzte mich in eine Ecke. Wir fuhren los. Es war grimmiger Frost, der nasskalte Wind ging uns durch und durch. Das Kind begann zu weinen. Sie wiegte das Kleine und redete ihm gut zu, aber es gab keine Ruhe. Es war ein Jammer! Ins Fahrerhaus hätte man sie setzen müssen, doch dort saß das todkranke Muttchen. Ich tippte ihr auf die Schulter. »Geben Sie mir das Kleine, vielleicht beruhigt es sich, und kauern Sie sich mehr zusammen, dann bekommen Sie weniger Wind ab.«

Ich nahm das winzige Etwas unter meinen Halbpelz und drückte es an mich. Es beruhigte sich, und ich hörte es nur noch leise schnaufen. Es war ein hübsches Kind, etwa zehn Monate alt. Ich hielt es im linken Arm, und plötzlich begann, ich weiß selbst nicht, warum, mein Herz wild zu hämmern und wie ein verwundeter Vogel zu flattern. Schmerz und Freude schnürten mir die Kehle zu. Werde ich denn nie mehr Vater sein?, dachte ich. Das Kleine aber schlummerte friedlich und kümmerte sich um nichts.

»Ein Junge?«, fragte ich.

Sie nickte. Die Ärmste war ganz durchgefroren, sie hatte nur ein dünnes Mäntelchen an. Ich hatte, obwohl Winter war, einen Wettermantel über dem Halbpelz, bei unserem Dienst geht das nicht anders.

Während ich in dem einen Arm den Kleinen hielt, streckte ich ihr den anderen hin. »Ziehen Sie mir den Wettermantel aus, und nehmen Sie ihn um, sonst erkälten Sie sich.«

»Aber nein, lassen Sie nur«, lehnte sie ab.

»Aber los doch, nehmen Sie den Mantel«, verlangte ich. »Sie müssen sich vor dem Wind schützen.«

Sie wickelte sich in den Wettermantel, ich steckte ihr die Schöße unter die Füße.

»Ists so wärmer?«

»Ja, danke.«

»Warum sind Sie denn so spät unterwegs?«

»Hat sich so ergeben«, antwortete sie leise. Wir fuhren durch eine Schlucht, in der eine Bergarbeitersiedlung lag. Die Fenster waren dunkel, alles schlief schon. Bellende Hunde liefen hinter dem Wagen her. Wo sie wohl hinfuhr? Ich hatte gedacht, sie wollte in die Siedlung, wo sollte sie denn sonst hin. Hinter dem Ort begann der Pass, und dann kam nur noch unsere Straßenmeisterei.

»Sie sind gewiss am Ziel?«, sagte ich zu ihr und klopfte ans Fahrerhaus. »Gleich kommt der Pass, weiter fährt der Wagen nicht.«

»Wo sind wir denn hier?«, fragte sie.

»Am Bergwerk. Wollten Sie nicht hierher?«

»Es … es ist schon richtig«, sagte sie unsicher. Rasch erhob sie sich, reichte mir den Wettermantel und nahm den Kleinen. Er begann sofort wieder zu weinen. Etwas stimmte hier nicht, sicher war sie von einem Unglück betroffen worden. Konnte ich sie bei der Kälte mitten in der Nacht allein lassen?

»Sie wissen nicht, wohin!«, sagte ich ohne Umschweife. »Denken Sie nichts Schlechtes. Geben Sie den Kleinen her!«

Fast gewaltsam nahm ich ihr ihn weg. »Bitte keine Widerrede. Sie übernachten bei uns in der Straßenmeisterei, und morgen früh ist es Ihre Sache, was Sie tun. Weiter!«, rief ich dem Fahrer zu.

Der Wagen fuhr an. Sie saß stumm da, das Gesicht in den Händen vergraben. Vielleicht weinte sie.

»Sie brauchen keine Angst zu haben«, beruhigte ich sie. »Ich tu Ihnen nichts Böses. Mein Name ist Baitemir Kulow, ich bin der Straßenmeister, Sie können mir vertrauen.«

Ich brachte Mutter und Kind bei mir unter. Im Anbau hatten wir ein freies Stübchen, dort legte ich mich auf die Bank nieder. Lange lag ich wach und dachte nach. Ich fand keine Ruhe. Ihr Fragen zu stellen, war mir peinlich, ich mochte das selber nicht, trotzdem musste ich sie einiges fragen, um ihr helfen zu können. Sie antwortete ungern und befangen. Doch ich erriet, was sie ungesagt ließ. Hat ein Mensch Kummer, so stehen hinter jedem seiner Worte zehn unausgesprochene. Sie hatte ihren Mann, ihr Heim verlassen. Anscheinend war sie stolz. Es war ihr anzusehen, dass sie litt und sich grämte, sie ließ sich aber nicht unterkriegen. Nun, sie musste wissen, was sie tat. Sie tat mir leid, sie war noch so jung. Schlank war sie wie ein Mädchen und sicher auch zärtlich und warmherzig. Wie hatte ihr Mann sie nur so weit bringen können, dass sie alles hatte stehen und liegen lassen und auf und davon gegangen war! Na, das war ihre Sache. Ich würde sie morgen in einen vorbeikommenden Wagen setzen und – ade. Völlig erschöpft schlief ich schließlich ein. Beim Einschlafen war es mir, als ob ich immer noch auf dem Wagen führe und den Kleinen unter meinem Halbpelz an mich drückte.

Bei Morgengrauen erhob ich mich und begann meinen Rundgang. Aber sonderbarerweise kehrte ich rasch zurück. Nun ja, ich wollte wissen, wie es meinen Gästen ging. Leise, um sie nicht zu wecken, heizte ich den Ofen und stellte den Samowar auf. Sie war schon aufgestanden, rüstete zur Abfahrt und bedankte sich. Ohne Tee ließ ich sie aber nicht fort. Der Kleine erwies sich als sehr unterhaltsam, es war für mich eine große Freude, mit ihm zu spielen.

Beim Frühstück fragte ich sie: »Wo wollen Sie hin?«

Sie überlegte einen Augenblick.

»Nach Rybatschje.«

»Haben Sie dort Verwandte?«

»Nein. Meine Eltern leben im Ail, auf der anderen Seite des Tossor.«

»Au, da müssen Sie sich ja übersetzen lassen. Ziemlich umständlich.«

»Da will ich nicht hin. Im Ail dürfen wir uns nicht sehen lassen«, meinte sie nachdenklich zu ihrem Söhnchen. »Wir sind selbst schuld dran.«

Ich vermutete, dass sie gegen den Willen ihrer Eltern geheiratet hatte. Später bestätigte sich meine Vermutung.

Sie wollte zur Straße aufbrechen, aber ich überredete sie dazubleiben, damit sie nicht mit dem Kind im Winde stehen müsse. Einen Wagen konnte auch ich anhalten.

Schweren Herzens begab ich mich zur Chaussee.

Ich weiß nicht, wie es kam, aber mir war traurig zumute bei dem Gedanken, dass sie gleich abfahren würden und ich wieder allein bliebe.

Anfangs kamen keine Wagen vorbei, als dann einer kam, hob ich nicht die Hand. Ich erschrak. Warum tat ich das? Damit begannen für mich die Qualen. Ein Wagen nach dem anderen fuhr vorüber, ich aber schob es immer wieder auf. Den nächsten halte ich an, sagte ich mir, aber wenn es so weit war, bekam ich die Hand nicht hoch. Das Blut stieg mir ins Gesicht, sie wartete dort und verließ sich auf mich. Ich war mir selbst zuwider, kam aber nicht gegen mich an. So ging ich auf der Straße auf und ab und suchte nach Gründen und Entschuldigungen. Mal war das Fahrerhaus zu kalt, weil die Scheiben fehlten, bald gefiel mir der Wagen nicht, dann wieder war mir der Fahrer unsympathisch – er fuhr leichtsinnig, vielleicht war er sogar betrunken. Kamen Wagen vorbei, die besetzt waren, freute ich mich wie ein kleiner Junge. Nur nicht gleich, nur ein bisschen noch, wenn sie nur noch fünf Minuten bei mir im Hause blieben! Wo sollen sie denn hin?, überlegte ich. Im Ail durften sie sich nicht sehen lassen, das hatte sie selbst gesagt. Und wo sollte sie in Rybatschje mit dem Kind unterkommen? Es war Winter, der Kleine konnte krank werden. Sollte sie doch lieber hier bleiben, mit der Zeit würde sie sich schon klar werden, was weiter zu geschehen hatte. Vielleicht kehrte sie zu ihrem Mann zurück, oder er machte sie hier ausfindig.

Es war eine wahre Strafe, hätte ich sie nur gleich zur Straße gebracht und abfahren lassen. Drei geschlagene Stunden lief ich so auf und ab. Ich hasste mich. Nein, dachte ich, ich hole sie her und halte dann den erstbesten Wagen an, sonst wird es nichts. Ich ging nach Hause. An der Tür kam sie mir entgegen, das lange Warten hatte sie nervös gemacht. Ich schämte mich und sah sie an wie ein Schuljunge, der etwas ausgefressen hat.

»Hat wohl sehr lange gedauert?«, murmelte ich. »Es sind keine vorbeigekommen, vielmehr, es waren keine geeigneten darunter. Entschuldigen Sie. Sie müssen nicht denken … Kommen Sie für einen Moment ins Haus. Ich bitte Sie sehr!«

Sie schaute mich erstaunt und schmerzlich an. Schweigend ging sie in die Stube zurück.

»Ich tue Ihnen wohl leid?«, fragte sie.

»Nein, nicht deshalb. Verstehen Sie … Ich habe Angst um Sie, Sie werden es schwer haben. Wie wollen Sie sich durchschlagen?«

»Ich werde arbeiten!«

»Und wo?«

»Ich komme schon irgendwo unter. Zurück gehe ich nicht, und in den Ail fahre ich auch nicht. Ich werde arbeiten und leben.«

Ich schwieg. Was hätte ich ihr entgegenhalten können? Kränkung und Stolz trieben sie in die Ferne. Was weiter sein würde, daran dachte sie nicht. Leicht gesagt: »Ich werde arbeiten und leben.« So einfach ist das nicht. Doch man soll dem Menschen seinen Willen lassen.

Der Kleine wollte zu mir. Ich nahm ihn auf den Arm, gab ihm einen Kuss und dachte dabei: Ich würd dich am liebsten gar nicht fortlassen, so lieb bist du mir schon!

»Na, dann wollen wir aufbrechen«, sagte ich leise. Wir erhoben uns. Ich trug den Kleinen, blieb aber in der Tür noch einmal stehen.

»Arbeit für Sie würde sich auch bei uns finden«, begann ich. »Sie können hier arbeiten und leben. Wir hätten auch eine kleine Wohnung. Bleiben Sie doch! Wozu die Eile? Wegfahren können Sie immer noch. Überlegen Sie es sich.«

Anfangs wollte sie nicht, aber schließlich überredete ich sie doch. So blieben Asselj und Söhnchen Samat bei uns in der Straßenmeisterei.

Das Stübchen im Anbau war kalt, und ich bestand darauf, dass Asselj mit ihrem Sohn im Haus wohnte, während ich selbst in den Anbau zog. Mir genügte das vollkommen.

Seither führte ich ein anderes Leben. Scheinbar hatte sich nichts geändert, ich blieb nach wie vor allein, aber ich lebte auf, nach meiner langen Einsamkeit spürte ich wieder menschliche Wärme. Es war so etwas wie ein Erwachen. Freilich hatte ich auch vorher unter Menschen gelebt, aber es gibt eine Seite im Leben, die auch gemeinsame Arbeit, gegenseitige Hilfe und Freundschaften nicht ersetzen können. Ich hatte den Kleinen lieb gewonnen. Meine ganze Freizeit verbrachte ich mit ihm. Ich konnte mir einfach nicht mehr vorstellen, wie ich zuvor gelebt hatte. Meine Nachbarn waren gute Menschen und Asselj und Samat zugetan. Wer mag schließlich Kinder nicht? Die warmherzige, aufgeschlossene Asselj lebte sich schnell bei uns ein. Auch Asseljs wegen war mir der Kleine so teuer. Wenn ich es mir auch nicht sofort eingestand, so konnte ich es mir doch nicht länger verheimlichen: Ich liebte sie. Ich hatte sie sogleich von ganzem Herzen und fürs ganze Leben lieb gewonnen. Die langen Jahre der Einsamkeit, mein ganzes Leid, alles Verlorene ging in dieser Liebe auf. Aber ich war nicht berechtigt, es ihr zu sagen, wartete sie doch auf ihn, ihren Mann. Sie wartete lange, obgleich sie es sich nicht anmerken ließ. Wenn wir auf der Straße arbeiteten, sah ich häufig, wie sie jedem durchfahrenden Wagen mit erwartungsvollen Augen entgegensah. Manchmal nahm sie ihren Sohn, ging zur Straße und saß dort stundenlang. Er aber kam nicht. Ich wusste nicht, wer er war und wie er aussah, ich stellte keine Fragen, und sie sprach nie darüber.

Die Zeit verging. Samat wuchs heran. Was war er für ein aufgewecktes, liebes Kerlchen! Ich wusste nicht, ob es ihm jemand gesagt hatte oder ob er es von sich aus tat, jedenfalls begann er mich Papa zu nennen. Sobald er mich sah, kam er angelaufen: »Ata! Ata!« Asselj lächelte versonnen, wenn sie es sah. Ich empfand Freude und Schmerz zugleich. Ich wäre gern sein Vater geworden, doch Asselj …

In jenem Sommer besserten wir die Straße aus. Eines Tages rief Asselj einem vorbeifahrenden Fahrer zu: »He, Dshantai, halt an!«

Der Wagen hielt. Asselj rannte hin. Worüber sie mit dem Fahrer sprach, weiß ich nicht. Plötzlich hörte ich sie schreien: »Das ist gelogen! Das glaube ich nicht! Mach, dass du wegkommst! Sofort!« Der Wagen fuhr weiter, Asselj stürzte nach Hause. Sie weinte.

Ich konnte nicht weiterarbeiten. Wer mochte dieser Fahrer gewesen sein? Was hatte er ihr gesagt? Zweifel und Vermutungen plagten mich. Schließlich hielt ich es nicht länger aus und ging nach Hause, aber Asselj ließ sich nicht blicken. Abends ging ich zu ihr hinüber.

»Wo ist denn Samat? Ich sehne mich richtig nach ihm!«

»Da sitzt er doch«, antwortete sie niedergeschlagen.

»Ata!« Samat kam auf mich zugelaufen. Ich wirbelte ihn durch die Luft, brachte ihn zum Lachen, sie aber saß traurig und in sich gekehrt da.

»Was ist passiert, Asselj?«, fragte ich.

Sie ließ einen schweren Seufzer hören.

»Ich fahre weg«, antwortete sie. »Nicht etwa, weil es mir hier schlecht ginge. Ich bin Ihnen sehr, sehr dankbar. Aber ich möchte weg, weit weg …«

Sie war in einer solchen Verfassung, dass sie es tatsächlich fertiggebracht hätte, wegzufahren. Mir blieb nichts übrig, als ihr die Wahrheit zu sagen: »Nun, Asselj, ich habe kein Recht, dich zurückzuhalten, aber dann kann auch ich nicht länger hier bleiben, dann werde auch ich wegfahren müssen. Ich habe schon einmal einen verödeten Ort verlassen. Was soll ich dir viel erklären, du weißt es, Asselj. Wenn du wegfährst, ist es für mich das Gleiche wie damals im Pamir. Überleg es dir, Asselj … Und wenn er kommt und dein Herz dich zurückruft, so will ich euch nicht im Wege stehen, du bist jederzeit frei, Asselj.«

Ich nahm Samat auf den Arm und ging zur Straße. Lange wanderte ich mit ihm umher. Er begriff von alledem noch nichts, mein Kleiner.

Vorerst blieb Asselj. Aber was mochte in ihr vorgehen? Welchen Entschluss hatte sie gefasst? In jenen Tagen wurde ich zum Schatten meiner selbst.

Eines Mittags trat ich auf den Hof und sah, wie Samat die ersten Gehversuche machte. Asselj hielt ihn fest, sie fürchtete, er könne fallen. Ich blieb stehen.

»Sieh mal, dein Sohn läuft schon«, sagte sie mir mit frohem Lächeln.

Wie hatte sie gesagt? Dein Sohn? Ich ließ den Spaten fallen, hockte mich hin und rief den Kleinen: »Tapp, tapp, tapp, mein kleines Füllen, du! Na, komm her, komm her auf deinen kleinen Beinchen!«

Samat streckte mir die Ärmchen entgegen.

»Ata!« Auf unsicheren Beinchen kam er zu mir. Ich fing ihn auf, warf ihn in die Luft und presste ihn an mich.

»Asselj«, sagte ich ihr. »Morgen feiern wir das Fest der zerschnittenen Fessel. Bereite eine Schnur aus schwarzer und weißer Wolle vor.«

»Gut.« Sie lachte.

»Aber es muss unbedingt schwarze und weiße Wolle sein.«

Ich schwang mich aufs Pferd und ritt zu befreundeten Viehzüchtern. Von dort brachte ich Kumys und frisches Fleisch mit, und am nächsten Tag luden wir die Nachbarn zu unserem kleinen Fest ein.

Ich stellte Samat auf die Erde, fesselte seine Beinchen mit der schwarz-weißen Wollschnur, legte eine Schere daneben und sagte zu den Kindern, die am anderen Hofende standen: »Wer als Erster bei Samat ist und die Fessel zerschneidet, erhält den ersten Preis. Die anderen bekommen die übrigen Geschenke. Eins, zwei, drei, los, Kinder!«

Wie beim Pferderennen rannten die Kinder los.

Nachdem die Wollschnur zerschnitten war, sagte ich zu Samat: »Nun, mein Söhnchen, lauf jetzt! Nehmt ihn mit, Kinder!«

Die Kinder nahmen Samat bei der Hand, und ich sagte hinter ihm her, ohne mich an jemand Bestimmten zu wenden: »Ihr Menschen! Mein kleines Füllen läuft jetzt über die Erde! Möge es ein schnellfüßiger Renner werden!«

Samat lief mit den Kindern mit, doch plötzlich drehte er sich um: »Ata!« – und plumpste hin. Asselj und ich stürzten zu ihm. Als ich den Kleinen aufhob, sagte mir Asselj zum ersten Mal: »Liebster!«

So wurden wir Mann und Frau.

Im Winter fuhren wir mit dem Söhnchen zu Asseljs Eltern in den Ail. Lange zeigten sie sich gekränkt, Asselj und ich mussten für alles Rede und Antwort stehen. Ich sagte ihnen die ganze Wahrheit, erzählte ihnen alles, was war. Und sie verziehen Asselj, verziehen ihr um des Enkels und unserer Zukunft willen. Unmerklich verging die Zeit, Samat wurde schon fünf Jahre alt. Asselj und ich lebten in bestem Einvernehmen, nur eins berührten wir nie, eins ließen wir unerwähnt. Es war gleichsam eine stillschweigende Abmachung: Jener Mann existierte nicht für uns.

Aber im Leben ist nicht immer alles so, wie man möchte! Vor Kurzem ist er hier bei uns aufgetaucht.

Auf der Straße war ein Unfall passiert, mitten in

der Nacht. Mein Nachbar und ich rannten hin, um festzustellen, was geschehen war. Ein Lastwagen war gegen die Begrenzungspfähle gefahren. Der Fahrer hatte ziemlich viel abbekommen, er war fast bewusstlos und zudem betrunken. Ich kannte ihn, konnte mich bloß nicht seines Namens entsinnen. Er hatte uns einmal aus der Patsche geholfen, indem er uns auf dem Pass abschleppte. Auf dem Dolon ist das kein Kinderspiel. Das hatte bis dahin noch niemand gewagt. Er war ein energischer, verwegener Bursche, damals hatte er mir sehr gefallen, er war ein Mann nach meinem Geschmack.

Bald danach hatte sich jemand mit Anhänger den Pass hinaufgequält. Er hatte es schon fast geschafft, als offenbar etwas schiefgegangen war. Der Anhänger war in den Straßengraben geraten, dort hatte ihn der Fahrer stehen lassen und war davongebraust. Damals dachte ich schon, ob das nicht jener verwegene Bursche war, und bedauerte, dass der Waghals sein Ziel nicht erreicht hatte. Doch bald darauf kamen laufend Wagen mit Anhängern über den Pass. Die Fahrer hatten ihre Fahrzeuge mit entsprechenden Zusatzvorrichtungen versehen, und sie taten recht daran.

Offen gestanden, im ersten Augenblick wusste ich nicht, dass er jener Mann war, den Asselj verlassen hatte. Doch auch wenn ich es gewusst hätte, hätte ich genauso gehandelt. Ich nahm ihn mit zu mir nach

Hause, da wurde mir alles klar. Asselj brachte gerade Brennholz herein. Als sie ihn erblickte, fielen ihr die Scheite aus der Hand. Doch keiner von uns dreien ließ sich etwas anmerken. Die beiden taten, als sähen sie sich zum ersten Mal. Umso mehr musste ich mich zusammennehmen, um ihnen nicht mit einer unüberlegten Bemerkung weh zu tun. Vielleicht würden sie wieder zueinander finden, und ich wollte ihnen nicht hinderlich sein. Die Entscheidung lag nicht bei mir, sie verband ihre Vergangenheit, und sie verband ihr Sohn, neben dem ich im Bett lag und den ich zärtlich streichelte und an mich drückte.

In jener Nacht tat keiner ein Auge zu, jeder hing seinen Gedanken nach.

Asselj konnte mich mit dem Sohn verlassen. Das war ihr Recht. Mochte sie ihrem Herzen und ihrem Verstand folgen. Und ich … Ach, nicht um mich ging es, die Entscheidung lag nicht bei mir, ich durfte ihnen nicht im Wege stehen …

Er ist auch jetzt noch hier, er fährt unsere Strecke. Wo ist er all die Jahre gewesen, was hat er gemacht? Doch das ist nicht wichtig … Das ist ihre Sache …

Ich kehrte mit Baitemir von dem Rundgang zurück. Es dunkelte. Über den firngekrönten Gipfeln des Tienschan lag das Abendgold der sinkenden Sonne. Dröhnend jagten Lastwagen an uns vorüber.

»So steht es also«, sagte Baitemir versonnen, nachdem er eine Weile geschwiegen hatte. »Ich kann jetzt nicht von zu Hause weg. Wenn Asselj gehen möchte, soll sie es mit reinem Gewissen tun, soll sie es mir offen sagen, dann will ich dem Sohn meinen Segen geben. Ich liebe ihn mehr als mein eigen Fleisch und Blut. Aber ich kann ihn ihnen nicht fortnehmen … Deshalb fahre ich nirgendshin, und schon gar nicht in den Pamir. Das ist natürlich nicht für die Zeitung bestimmt. Das erzähle ich Ihnen einfach so, von Mensch zu Mensch.«

Statt eines Epilogs

Iljas und ich trennten uns in Osch. Er fuhr weiter in den Pamir, und ich machte mich an die Arbeit.

»Sobald ich ankomme, mache ich Alibek ausfindig und beginne ein neues Leben«, sagte er mir. »Denken Sie nicht, dass ich eine gescheiterte Existenz bin. Mit der Zeit werde ich heiraten, einen Hausstand gründen und Kinder haben, kurz, ein Leben führen wie alle andern. Auch Freunde und Kollegen werde ich finden. Nur eins wird mir fehlen, das, was ich für immer verloren habe … Bis zu meinem letzten Tag, bis zum letzten Atemzug werde ich an Asselj und all das Schöne denken, das zwischen uns gewesen ist.«

Dann senkte er nachdenklich den Kopf und fügte nach kurzem Schweigen hinzu: »Am Tage meiner Abfahrt ging ich zum See. Ich stand auf der Anhöhe dicht am Wasser und nahm Abschied von den Bergen des Tienschan und vom Issyk-Kul. Leb wohl, Issyk-Kul, mein unvollendetes Lied! Wie gern würde ich dich mitnehmen mit deinem blauen Wasser und deinen gelben Ufern, aber das ist mir versagt, wie ich auch die Liebe der Liebsten nicht mitnehmen kann. Leb wohl, Asselj! Leb wohl, du meine Pappel im roten Kopftuch! Werd glücklich!«

Worterklärungen

Agai ehrerbietige Anrede für einen älteren Mann, wörtlich: der ältere Bruder

Ail kirgisisches Dorf

-ake ehrerbietige Anrede für einen älteren Mann

Aksakal ehrerbietige Anrede für einen älteren oder höherstehenden Mann, wörtlich: Weißbärtiger

Apa Mutter

Aryk Bewässerungsgraben

Ata Vater

Baibitsche ehrerbietige Anrede für eine ältere Frau

Dastorkon Tischtuch, auch Festtafel

Dshigit junger Bursche

Dubal Einfriedung kirgisischer Gehöfte, oftmals eine Lehmmauer

Komus kirgisisches dreisaitiges Zupfinstrument

Kümbös steinernes Kuppelgrab

Kumys alkoholhaltiges Getränk aus geronnener Stutenmilch

Tschingis Aitmatow

Tschingis Aitmatow wird 1928 im Talas-Tal in Kirgisien geboren. Innerhalb der Familie wird er an die russische Sprache und Literatur herangeführt. Seiner Großmutter hat er einen reichen Schatz an Märchen, alten Liedern, Dichtungen und Wahrheiten zu verdanken.

Nach seinem Studium der Veterinärmedizin arbeitet er einige Jahre als Tierzüchter, bevor er 1956 ans Maxim-Gorki-Literaturinstitut in Moskau wechselt. Als Abschlussarbeit verfasst er 1958 die von Louis Aragon als »schönste Liebesgeschichte der Welt« bezeichnete Erzählung *Dshamilja*, die seinen weltweiten literarischen Ruhm begründet.

Bis 1965 erscheinen verschiedene Erzählungen. *Der weiße Dampfer* von 1970 löst eine heftige Diskussion aus, da Aitmatow durch den Einbezug von mythischen Motiven und Erzählmustern einen neuen Stil entwickelt. Die kirgisische literarische Tradition mit ihren Epen, Sagen und Volksliedern spielt von nun an eine wichtige Rolle in seinem Werk.

Der Richtplatz gilt als erstes literarisches Signal der Perestroika, die er an führender Stelle mitgestaltet. 1986 ruft er das internationale »Issyk-Kul-Forum« ins Leben, eine Konferenz von Wissenschaftlern, Künstlern und Politikern aus der ganzen Welt am gleichnamigen kirgisischen See. Ab Ende der 80er-Jahre engagiert er sich in der Politik, u.a. als Abgeordneter und Botschafter.

Für sein Werk hat Aitmatow zahlreiche Auszeichnungen im In- und Ausland erhalten, unter anderem 1991 den Friedrich-Rückert-Preis und 1994 den Österreichischen Staatspreis für Literatur.

Am 10. Juni 2008 verstirbt Tschingis Aitmatow im Alter von 79 Jahren in Nürnberg.

Tschingis Aitmatow
Du meine Pappel im roten Kopftuch
»Das macht Aitmatow keiner nach: Jene aufregende Mischung aus Legenden, Mythen und Liedern, die in die Gegenwart einfließen.«
Frankfurter Allgemeine Zeitung

Jean-Claude Izzo
Total Cheops
»Izzo besingt die Stadt Marseille, ihre Schönheit im frühen Sonnenlicht, ihre unverfälschte Lebensfreude. Aber er zeigt auch das tödliche Gift, das in ihr steckt.«
SWR

Yaşar Kemal
Memed mein Falke
»Yaşar Kemal ist tausend Kilometer groß, und selbst wenn er von zwei Steinen erzählt, wird die Geschichte zärtlich und magisch. Ein Meister.« *John Berger*

Nagib Machfus
Die Midaq-Gasse
»Meine Liebe gilt den Bewohnern der Gassen. Nicht nur der alten Gassen von Kairo, sondern der Gassen der ganzen Welt.«
Nagib Machfus

Salim Alafenisch
Die acht Frauen des Großvaters
»Wo Salim Alafenisch seine Geschichten aufleben läßt, verzaubert er.«
Stuttgarter Nachrichten

Sahar Khalifa
Der Feigenkaktus
»Der weibliche Blick fördert zu Tage, was Schriftsteller aus dem Nahen Osten uns bisher vorenthalten haben.«
Der Tagesspiegel

Claudia Piñeiro
Ganz die Deine
»Piñeiro erweist sich als Meisterin der Ironie. Sie ist in der Lage, brisante Themen mit tiefschwarzem Humor in einen spannenden Roman zu gießen.« *Rheinischer Merkur*

Leonardo Padura
Ein perfektes Leben
»Leonardo Padura hat ein Meisterwerk der Kriminalliteratur vorgelegt. Und weit mehr als das: Er hat uns süchtig gemacht.« *Abendzeitung*

Nii Parkes
Die Spur des Bienenfressers
»Eine glänzende Mixtur aus afrikanischer Kultur, westlicher Wissenschaft, mystischem Zauber und schalkhaftem Humor.« *The Bookbag*

Juri Rytchëu
Traum im Polarnebel
»Hier macht das Wort von der Weltliteratur Sinn: bei diesem Autor, der von einer unbekannten, missachteten Welt am Rande erzählt und dabei universelle Fragen stellt.« *Süddeutsche Zeitung*

Inge Sargent
Dämmerung über Birma
Mein Leben als Shan-Prinzessin
»Inge Sargent erzählt schlicht und eindringlich ihre eigene und damit ein Stück der birmesischen Geschichte.« *Radio Bremen*

Galsan Tschinag
Der Wolf und die Hündin
»Ein Autor, der mit einem Werk von archaischer Wucht und feiner Psychologie fasziniert.« *Kölner Stadt-Anzeiger*

Jörg Juretzka Taxibar (UT 680)
Richard Woodman Die Wette (UT 677)
Daniel Defoe Kapitän Singleton (UT 676)
Rudyard Kipling Genau-so-Geschichten (UT 675)
Nagib Machfus Ehrenwerter Herr (UT 674)
Juri Rytchëu Der letzte Schamane (UT 673)
Scharuk Husain (Hg.) Von Hexen, Nixen und Feen (UT 672)
Mitra Devi Das Kainszeichen (UT 671)
Claudia Piñeiro Betibú (UT 670)
Claire Keegan Durch die blauen Felder (UT 669)
Germano Almeida Das Testament des Herrn Napumoceno (UT 668)
Jamaica Kincaid Lucy (UT 667)
Jesús Carrasco Die Flucht (UT 666)
Ngugi wa Thiong'o Der Fluss dazwischen (UT 665)
Upton Sinclair Der Dschungel (UT 664)
Mansura Eseddin Hinter dem Paradies (UT 661)
Raja Alem Das Halsband der Tauben (UT 660)
Hans Leip Die Klabauterflagge (UT 658)
Dudley Pope Trommelwirbel (UT 657)
Colette Die Katze aus dem kleinen Café (UT 656)
Frederik Hetmann (Hg.) Wie Frauen die Welt erschufen (UT 655)
Nagib Machfus Der letzte Tag des Präsidenten (UT 654)
Yaşar Kemal Die Ararat-Legende (UT 653)
Adak/Glassen (Hg.) Hundert Jahre Türkei (UT 652)
Giuseppe Fava Ehrenwerte Leute (UT 651)
Petra Ivanov Leere Gräber (UT 650)
Victor Serge Die große Ernüchterung (UT 649)
Robert Kurson Der Blinde, der wieder sehen lernte (UT 648)
Krishna Baldev Vaid Tagebuch eines Dienstmädchens (UT 647)
Giselher W. Hoffmann Schattenjäger (UT 646)
Mia Couto Das schlafwandelnde Land (UT 645)